귀환병사

요람 新무협 판타지 소설

FANTASTIC ORIENTAL HEROES

귀환병사 19

요람 新무협 판타지 소설

초판 1쇄 찍은 날 § 2015년 1월 27일
초판 1쇄 펴낸 날 § 2015년 2월 3일

지은이 § 요람
펴낸이 § 서경석

편집부장 § 권태완
편집책임 § 한준만

펴낸곳 § 도서출판 청어람
등록번호 § 제387-1999-000006호
등록일자 § 1999. 5. 31
어람번호 § 제2-2566호

주소 § 경기도 부천시 원미구 부일로 483번길 40 서경B/D 3F (우) 420-822
전화 § 032-656-4452 팩스 § 032-656-4453
http://www.chungeoram.com
E-mail § chungeorambook@daum.net

ISBN 979-11-04-90089-1 04810
ISBN 978-89-251-3414-7 (세트)

귀환병사

요람 新무협 판타지 소설

FANTASTIC ORIENTAL HEROES

19

도서출판 청어람

第百七十四章

모자(母子)

그날의 일은 금기(禁忌)가 되었다.

남궁세가와 비천무제의 싸움은 굉장한 화제였다. 며칠의 말미도 있었으니 안휘성 전체에 퍼져 나간 건 당연했다.

상단, 표국 등을 통해 안휘성 합비를 중심으로 거미줄처럼 퍼져 나갔고, 그 소문을 들은 이들은 경악과 굉장한 호기심에 휩싸였다.

그도 그럴 게 무려 남궁세가였기 때문이다.

다른 말이 필요 없는 천하제일가.

그런 남궁세가와 비천무제의 싸움이었기 때문이다. 그런

데 웬걸? 결과가 나오고도 남을 시기가 지났는데도… 아무 런 소식이 들리지 않았다.

이건 합비 내에서도 마찬가지였다. 합비성에서도 결과가 어떻게 나왔는지에 대한 소문은 아주 조금도 돌지 않았다.

일주야가 지나서도 마찬가지였다.

이때서야 세인들은 알아차렸다.

통제.

결과에 대한 통제가 이미 시작됐다는 것을. 그것도 대충 통제하는 게 아닌 전력으로 통제하고 있다는 것을 말이다.

그렇지 않으면 이렇게 정말 아무런 소문도, 소식도 들리 지 않을 수가 없었다. 정보 통제는 무력을 갖춘 세가라면 필수적으로 가지고 있는 능력이다. 가문의 힘을 이용한 협 박, 돈을 이용한 협박 등등.

에이, 설마 남궁세가가 그런 더러운 짓을? 이렇게 생각하 는 사람은 거의 없었다.

그러니 분명 사달은 일어났는데, 그 사달이 정말 너무 어 마어마한 일이라 남궁세가가 사력을 다해 막고 있다.

이렇게 보는 시각이 많아졌다.

이때, 소문이 만들어지기 시작했다.

소문은 딱 하나였다.

천하제일가의 패배.

이건 일부 학자들 사이에서 퍼져 나온 소문이었다. 그것도 일반 유생이 아니라, 힘 있는 권력자의 자제이자, 생각이 철저하게 트여 있는 학자들이었다.

아무리 학자라지만… 그렇게 합비성을 강타했던 남궁세가와 비천무제의 싸움이 궁금하지 않을 리가 없었다.

더욱이 비천무제. 그들이 존경해마지 않는 문야의 제자이기도 했기 때문에 더욱 궁금해했었다.

그들은 소식이 들려오지 않자, 궁금증에 서로 모여 머리를 맞대고 의견을 나눴다. 아니, 추론에 가까웠다.

근데 이 추론은 사실… 너무 쉬웠다.

생각해 보면 소문, 소식이 들리지 않는 이유만 생각했으면 됐기 때문이다. 그 대결의 결과가 들리지 않는 이유.

이걸 첫 번째로 두고 대화를 나누기 시작하자 답은 어이없을 정도로 쉽게 나왔다.

진 것이다.

패배.

일가의 무력이 일인의 무력을 넘지 못했다는 것. 추론이지만 거의 정답에 가까운 결론이 학자들 사이에서 나왔다.

학자들이 남궁세가가 패배했을 것이라 생각한 이유는 몇

가지 있었지만, 그중 가장 크고 타당한 이유는 역시 이번에도 딱 하나였다.

그게 아니라면 정보 통제가 이루어질 필요가 없다는 것. 바로 이런 이유였다.

이겼다면 부끄럽지 않을 것이고.

이겼다면 명예의 실추도 없을 것이니.

이겼다면 마땅히 밝혔을 것이다.

이게 학자들의 생각이었다.

이렇게 결론을 내리고 나니 엄청나게 타당해 보였다. 실제 이 소식을 들은 이들은 모두 고개를 끄덕였다.

그럴 수밖에 없었다.

거기서 더하면 더했지, 부정할 부분이 없었기 때문이다.

이번에는 남궁세가도 통제하지 못했다. 이 학자들의 집안이 결코 녹녹치 않았기 때문이다.

명망 있는 가문의 자제들이라 무력, 금력으로 찍어 누를 수도 없었던 것이다.

그렇게 소문은 퍼져 나가기 시작했다.

거의 정설로 받아들여지면서.

그리고 처음부터 퍼지기 시작했던 소식 하나.

바로 비천무제의 무력에 대한 소식이다.

직접 그 근처에 있던 이들은 느꼈다. 비천무제의 무시무시한 무력을.

안에 철까지 덧댄 남궁세가의 외성 문을 박살 낸 것만 봐도 무시무시한데, 간간히 남궁세가의 중심지에서 뻗어 나온 막대한 기세, 기파는 정말 상상을 초월했다고.

감히 들어가지 못하고 외성 밖에서 구경 중이던 무인들의 입에서 나온 소식이었다.

진정 무제의 별호가 아깝지 않은 무인.

그게 당시 근처에 있던 무인들의 입에서 나온 무린에 대한 평가였다. 그들은 또 이렇게 말했다. 무제라면 남궁세가를 무너트리고도 남았을 것이라고. 천하제일의 현판을 부술 무력이 충분한 무인이라고.

이 소문은 삽시간에 퍼져 나갔다.

정말 건조한 들판에 붙은 불처럼, 무시무시한 속도로 전 중원으로 퍼져 나갔다. 그러나 남궁세가는 이 소문에 대해서 아무런 일언반구도 없었다. 철저하게 침묵으로 일관했다. 마치 남 일처럼.

이게 또 묘한 상상력을 불러왔다.

무슨 일이 생긴 거지?

왜 남궁세가가 침묵하지?

결과에 대해서는 그렇게 통제해 놓고?

앞과 뒤가 맞지 않았다.

처음부터 아예 아무런 행동도 안 취했으면 의심도 안 했겠지만, 다른 것들은 전부 통제하고 이 소문에만 침묵으로 일관하니 의심이 생긴 것이다.

하지만 그 누구도 진실을 더 이상 파고들지는 않았다. 당연히 대상이 남궁세가였기 때문이었다.

벌집도 그런 벌집이 없었다.

진짜 독을 한가득 담은 벌들의 집. 잘못 건드리는 순간 따끔하게 쏘이는 걸로 끝나지 않을 것이라는 걸 굳이 깊이 생각하지 않아도 다들 알고 있었기 때문이다.

궁금하지만 더 이상 파고들지 않는 걸로. 그렇게 암묵적인 결정이 났다. 그리고 다행히 화젯거리는 아직 남아 있었다.

바로 산해관 넘어 명군과 북원군의 전쟁이었다. 중원이 정리가 되면서 이제 그곳이 마지막 결전의 장이라 모두가 생각했다.

그렇게 남궁세가와 비천무제의 싸움은 천천히, 천천히 잊혀져 갔다.

*   *   *

얼어붙은 설원.

뽀드득, 뽀드득 소리를 내며 정적을 깨는 일단의 무리. 흑의로 온통 몸을 감싼 그들은 숲으로 들어서서 행군을 멈췄다.

"오늘은 여기서 쉬고 가도록 하지."

"네! 모두 야영 준비!"

선두에 섰던 무린의 말에 모두가 멈췄다. 그리고 재빨리 말에서 내려 숙영지를 만들기 시작했다. 각기 조를 나눠 일사분란하게 움직이니 순식간에 비천대 백여 명이 쉴 숙영지가 만들어졌다.

중앙의 큰 모닥불에 무린이 자리 잡고, 그 옆에 호연화가 가만히 자리 잡았다. 그 주변으로 아무도 가지 않았다.

행군은 며칠째 이어지고 있었다. 그런데 이 모자. 아직까지 아무런 대화도 하지 않고 있었다.

할 말이 서로 너무 많을 텐데도 남궁세가를 나선 이후 두 사람은 대화를 일절하지 않았다. 왜 그런지는 몰랐다. 궁금하기도 했지만 아무도 묻지 않았다.

오늘도 마찬가지였다. 오늘 하루도 여기까지 행군하면서 두 모자는 아무런 대화도 나누지 않았다.

근데 쉴 때는 서로 같은 공간에 항상 자리 잡았다. 하지만 분위기는 또 무거웠다. 그래서 주변으로 아무도 가지 못하는 것이다.

멀찍이 따로 자리를 잡고, 각자 할 일만 하는 비천대. 그러면서도 귀는 열어놓고 있었다. 두 사람이 좀 대화를 해야 마음이 편할 것 같아서였다.

그렇게 비천대의 주목을 받고 있는 무린은 오늘도 여전히 말문을 열지 않고 있었다. 타닥타닥 소리를 내며 타들어가는 모닥불을 바라보는 무린. 무린에겐 사실 이유가 있었다. 바로 어머니 때문이었다.

어머니와 남궁현성과의 관계는 친남매간이다.

우애가 어떠했는지는 모른다. 분명 그렇게 좋지는 않았을 것이다.

처음 어머니를 가둔 건 어머니의 아버지. 즉, 무린에게 외할아버지 되는 분이 직접 명하신 것이다. 그리고 그걸 남궁현성이 이어받았다.

비뚤게 커버린 자학과 죄책감 때문에 어머니는 그렇게 감금당했다. 본가에 유배당하신 것이다. 그러니 분명 증오

까지는 아니었어도 서로를 이해를 못했을 것이다.

하지만.

그래도 동생이었다.

그것도 한 어머니 밑에서 태어난 친남매였다. 무린이 동생들을 끔찍하게 생각하는 것처럼 어머니도, 남궁현성도 분명 서로를 소중하게 생각했을 것이다. 그런 동생이 자결을 했다. 죄책감을 이기지 못하고 어느 순간 퍽 하고 스스로 천령개를 내려쳤다.

무린은 이때 스스로에게 실망했다.

잡을 수 있었다.

사실 솔직하게 말하면 남궁현성의 자결을 무린은 충분히 막을 수 있었다. 당시 무린은 순간 손을 뻗어 막으려고 했다. 하지만 그 손은 뭔가에 걸려 우뚝 멈추고 말았다.

왜?

본능적으로 알고 있던 것이다.

그가 죽으면, 상황은 끝난다는 것을.

그래서 그 본능이 무린의 막으려는 손길을 막았다. 당시는 몰랐지만 무린은 남궁세가를 빠져나와 여기까지 오는 동안 스스로 자문하면서 그 답을 얻었다. 그리고 스스로에게 실망했다.

이제 와서 남궁현성을 용서하는 건 아니었다.

하지만 충분히 그 결과 말고 다른 결과를 얻어낼 수도 있었다. 스스로 그렇게 할 수 있는 승산이 충분히 있다고 생각했다. 그래서 당당히 쳐들어간 것이다.

그런데 결과는? 솔직히 무린에겐 최고의 결과라 할 수 있었다.

하지만 남궁세가. 그리고 어머니에겐 정말 최악의 결과가 나와 버렸다. 아무리 자신을 가두고 있는 동생이라지만… 죽기를 원하지는 않으셨을 테니까.

그리고 그런 동생이 죽은 지금… 어머니에겐 마음의 정리를 할 시간이 필요하다고 무린은 느꼈다.

그래서 무린은 지금까지 입을 열지 않았다.

호연화도 무린에게 어떠한 말도 하지 않았다.

무린에게 실망?

눈초리로 보아 그런 건 아니어 보였다. 그녀는 때로는 슬픈 눈으로, 때로는 자상한 눈으로 남궁세가가 있을 하늘을 바라봤다. 그걸 보며 확실하게 어머니는 아직 남궁현성의 죽음을 가슴에 묻지 못했다는 걸 알았다. 그래서 호연화가 먼저 입을 열 때까지 기다리고 있는 것이다.

장팔이 간편하게 조리한 저녁을 가지고 왔다. 건포와 소의 젖으로 만든, 정말 가벼운 저녁이었다.

"대모님! 식사 맛있게 하십시오!"

쩌렁!

갑작스럽게 호연화를 향해 고개를 꾸벅 숙이면서 쩌렁쩌렁 목소리로 그렇게 외치는 장팔. 장팔의 행동에 모두가 순간 움찔했다.

목소리의 성량도 성량이지만, 장팔의 행동이 너무나 뜬금없었기 때문에 놀란 것이다. 예상치 못한 순간에 나온 행동이니 놀랄 만도 했다. 무린도 놀라서 심장 박동이 조금 빨라졌을 정도였다.

무린이 놀란 가슴으로 위를 보니, 머쓱한 표정으로 뒤통수를 쓱쓱 비비고 있는 장팔의 모습이 들어왔다.

'아, 이놈……'

무린은 웃었다.

이유를 알아차렸기 때문이다.

"풉."

그때 옆에서 작게 들려오는 웃음소리. 누구의 웃음인지는 굳이 안 돌아봐도 알 수 있었다. 자신의 옆엔 어머니밖에 없었기 때문이다.

장팔은 이걸 노렸을 게 분명했다.

노린 대로 호연화는 움직여줬다. 슬며시 열리는 그녀의 입술.

"소협 이름이?"

"네! 장팔입니다!"

"장팔 소협. 잘 먹을게요. 고마워요. 신경 써줘서."

"하하! 아닙니다! 그럼!"

장팔은 그렇게 너털웃음을 터트린 뒤 후다닥 사라졌다. 그걸 보며 무린은 피식 웃었다. 물론, 속으로 고맙다는 인사는 했다.

"내가 너무 불편하게 했나 보구나."

"……."

조용히 들려온 어머니의 말에 무린은 바로 대답할 수 없었다. 너무 오랜만에 같은 공간에서 하는 대화라… 정말 어이가 없지만, 어색했던 것이다. 아니, 이게 현실인지 꿈인지. 그걸 생각할 정도였다.

물론 온몸으로 느끼는 감각으로 이게 현실이라는 것쯤은 알고 있었다. 그만큼 오랜 세월이 흘렀다.

"아들."

"예……."

호연화의 부름에 무린은 대답했다. 하지만 뭔가 목이 콱 막혀서 제대로 말이 나오질 않았다.

울컥하는 감정?

그와 비슷했다.

"오랜만에 이렇게 대화하는구나. 하도 오래되어서… 이상한 감정이 들어. 이게 꿈인지 현실인지 분간이 안 가는구나."

"……."

무린이 느꼈던 것을 호연화도 느끼고 있었다.

세월로 따지면 이십 년에 가깝다.

생이별을 한 지 말이다.

어색하지 않을 수가 없었다. 이는 매우 당연했고, 그 당연함 때문에 두 모자는 지금 너무나 어색했다.

그렇게 바라고 바란 상황인데도, 쉽게 말문이 떨어지지 않았다.

"할 말이 너무 많은데… 너무 많아서 뭐부터 해야 할지… 갈피가 안 잡히는구나."

"저도 그렇습니다."

목에 뭔가가 툭 하고 걸린 것처럼, 평소처럼 말한다고 하는데도 가는 떨림이 무린의 대답에 들어가 있었다. 물론 호연화의 목소리도 마찬가지였다.

무린도 물어볼 게 많았다.

그 옛날, 북방으로 끌려가기 전 한명운 선생과의 이야기도 듣고 싶었고, 어머니의 건강도 묻고 싶었고, 아버지에 대한 얘기도 하고 싶었다. 하지만 왜인지 쉽게 나오지가 않았다.

"일단 저녁부터 먹자꾸나. 식으면 이걸 해준 저분들에게 너무 미안하지 않니."

"예."

호로록.

나무그릇에 담긴 따뜻한 죽을 한 입 마셔보는 호연화. 그녀의 얼굴에 살며시 미소가 깃들기 시작했다.

사실 솔직히 맛은 그렇게 좋지 않을 것이다. 소금으로 간을 하긴 했지만 육포와 소젖으로만 만든 죽이었다. 맛이 특별날 리가 없었다.

그런데도 호연화는 잘 먹었다. 후후 불어서 하나도 남기지 않고 깨끗하게 죽을 비웠다. 무린도 마찬가지였다. 식사라는 것 자체를 남기지 않는 무린이다.

어려서도 그랬고, 북방으로 가서도 그랬다.

언제나 배가 고팠다.

북방에서는 과도한 음식 섭취가 혹시 모를 상황에 방해가 된다는 걸 알고 나서부터 식사량을 줄였지만, 그 전까지는 항상 허기짐이 싫어 최대한 많이 먹었었다. 그리고 그랬기 때문에 음식은 결코 남기지 않았다. 지금도 마찬가지였다.

딱 적당량만 먹지만, 그 적당량을 조금도 남기지 않았다. 아, 그리고 한 가지 더 이유가 있었다.

음식을 남기면 아주 호되게 혼냈던 호연화였다. 그걸 무린은 기억하고 있었다. 좀 전에 저녁을 먹었어도 무린은 남기지 않았을 것이다.

"맛있구나."

"예."

"본가의 음식은 화려하지. 산해진미라고 해도 과언이 아
닐 것이야. 하지만 이 죽만큼은 못하구나."

"……."

"아들, 아들은 그 이유를 알겠니?"

"……."

알 것 같았다.

자신과 같이 있으니까.

가족과 같이 먹는 식사이니 특별한 것이다. 아무리 맛있
는 음식이라도 불편한 사람과 먹는 음식은 안 먹는 게 차라
리 나을 정도로 별로다.

하지만 반대로 정말 좋은 사람과 먹는 식사는 그냥 건포
하나를 같이 나눠 먹더라도 아주 특별할 것이다.

지금이 딱 후자의 경우였다.

"이게 얼마 만에 같이 먹는 식사인지……."

"……."

무린은 계속해서 호연화의 말에 대답하지 못했다. 대답
하면 눈물이 흐를 것 같았기 때문이다. 심장이 쿵쿵 빨라질
정도였다.

그걸 호연화가 알아차렸는지 고개를 슥슥 저었다.

"이런, 괜한 얘기를 하는구나. 후우……."

그렇게 말하고는 깊은 한숨을 내뱉었다. 마치 무언가를 떠나보내는 행동 같았다. 그 이후 그릇을 내려 놓고 허리를 곱게 펴는 호연화.

"네 소식은 언제나 따로 사람을 통해 들었다."

"……."

신변 얘기.

"서운하지 않았니?"

"사실대로 말씀드리자면… 그랬습니다. 하지만 어머니가 그러는 이유가 있을 거라 생각했습니다."

"후후, 새장 속에 갇혀서 못하기도 했지만, 괜히 나 때문에 중요한 시기를 겪고 있는 네가 흔들릴까 봐 걱정이 되었단다."

"예."

호연화가 나란히 모닥불을 쬐던 몸을 돌려 무린을 바라봤다.

불빛에 비친 호연화의 눈에는 정말 정이 철철 넘쳤다. 그냥 봐도, 눈치가 없는 사람이 봐도 알 수 있을 정도로 넘쳐흐르고 있었다.

"내내 미안했어. 원망을 받을까 봐 가슴도 졸였지. 내 행동이 사실 정답이었는지 모르겠단다. 하지만 당시는 그럴 수밖에 없었어. 이해하겠니?"

"……."

이해하냐고?

한다.

다른 사람이었으면 못했을지도 모른다. 분명 그 행동은 정말 냉정했으니까. 그렇게까지 해야 하나? 이렇게 생각할 수도 있을 정도였다.

하지만 무린은 분명 이해했다. 무린은 호연화를 잘 알았고, 잘 아는 만큼 분명 이유가 있을 거라고 생각했다.

물론, 서운함이 아예 없다고는 말할 수 없었다.

무린도 사람이었으니까.

오욕칠정으로 정리되는 인간의 정을 끊은, 정이라는 것을 가질 수 없는 나무와 쇠로 만들어진 기계가 아니었으니까 말이다.

그리고 무린이 그런 서운함을 이길 수 있던 이유가 하나 더 있었다.

이걸 다행이라 해야 하는지 모르겠지만… 무린은 언제나 사선(死線)을 걸었다. 정말 말 그대로 사선이다.

단 한순간의 방심이 자신은 물론, 비천대 전체에 치명적인 독으로 작용할 무시무시한 사선을 계속해서 넘나들었다.

그러다 보니 자연적으로 어머니에 대한 생각을 못 할 수밖에 없었다.

그럴 겨를이 있다면, 조금이라도 사선을 돌파하면서 피해를 최소화할 수 있는 방법을 생각하는 게 낫다. 이렇게 생각했고, 그 결과 어머니에 대한 생각 자체를 많이 할 수가 없었다.

"괜찮습니다."

그래서 무린은 이렇게 대답했다.

그리고 그게 무린의 본심이었다.

무린의 대답에 불빛에 비취는 호연화의 얼굴에 살며시 미소가 떠올랐다.

무린의 괜찮다는 저 말이 그저 자신을 안심시키기 위해 한 말이 아니라, 진심이라는 걸 알았기 때문에 나온 미소였다.

무린이 눈치, 표정과 말투에서 그 사람의 본심을 읽는 능력이 뛰어난 건 전적으로 호연화의 영향이 컸다.

그러니 호연화도 단지 무린의 말투에서 그게 진심이라는 걸 파악한 것이다.

"네 얘기도 해보렴."

"예."

호연화의 말에 무린은 대답하고, 속으로 생각했다. 무슨 말을 해야 할까? 어떤 주제로 대화를 나눠야 할까?

생각해 보니 무린은 어머니에게 할 얘깃거리가 많지 않다는 걸 깨달았다. 주제는 분명 자신이 살아온 삶에 대해서 해야 할 테지만… 그게 어디 할 얘긴가.

사선을 넘었던 이야기밖에 없었다.

'이런……'

속으로 쓴웃음을 짓는 무린.

정말 마땅히 할 얘기가 없었다.

현재 시선은 모닥불에 고정하고 있는 무린이지만, 알 수 있었다. 어머니가 자신의 얼굴을 바라보고 있다는 것을.

'아.'

순간적으로 하나가 생각났다. 아니, 묻고 싶다고 누누이 생각하다가 깜빡한 게 떠올랐다.

"한명운 선생님과의 일… 듣고 싶습니다."

"흐음……"

슥.

어머니의 시선이 모닥불로 다시 돌아가는 게 느껴졌다. 아, 괜히 얘기한 건가? 하는 자책감이 들었다.

"사실… 다 알고 있지 않니?"

"……"

"아들, 아들을 가르친 게 이 어미란다. 너라면 분명 소향, 그 아이한테 들은 얘기가 있을 거고, 그 얘기를 듣고 따로 생각한 게 있겠지."

"예."

"그게 전부란다. 정말 무슨 일이라도 더 있었다면 얘기를 해줬겠지만… 아쉽게도 정말 그게 전부란다."

"아…….."

"후후, 뭘 숨기려고 하는 게 아니니 걱정 마렴. 그 얘기를 이 어미가 굳이 안 하려고 하는 건 너희들에게 미안해서야. 떠올리기 싫은 정도는 아니지만 굳이 생각하고 싶은 것도 아니란다."

"…….."

"너에게도 미안하고… 특히 혜에게는 너무 미안하구나. 그 만남이 결국 혜아를 전쟁의 구렁텅이로 밀어 넣었으니. 후후, 이 어미도 결국은 어쩔 수 없었지. 혜아의 봉인을 푼 게 이 어미니 말이다."

"어머니…….."

그 말에는 자조감이 깃들어 있었다.

무혜는 한명운 선생의 전인이다. 숨겨진 전인 말이다. 당시 호연화의 만남이 있던 날, 무혜는 한명운 선생에게 서책을 하나 받았다. 당대 문성의 모든 지혜가 함축된 서책이었다. 가치를 매길 수도 없는 보물을 무혜가 받은 것이다.

"그날의 만남은 결코 좋은 만남이 아니었다."

"……."

호연화의 말에 무린도 동감했다.

무린은 아직도 이렇게 생각한다.

이토록 처절하게 운명과 싸우는 이는 자신 하나로 족하다고. 무혜는… 좀 더 편하게 살아도 된다고.

이 마음은 지금도 변하지 않았다.

하지만 정말 더럽게도, 이미 무혜는 운명과 투쟁하고 있었다. 무린만큼이나 독한 투쟁을 말이다.

"봉인을 푼 건 어쩔 수 없었다. 계속해서 간절히 바라왔다. 내 손으로 그런 말을 무혜에게 전하는 날이 오지 않기를. 하지만 당시 북방의 소식은 너무나 어지러웠지. 제대로 된 군사 없이 무린이 네가 무사히 나올 방법이 없어 보였다. 더욱이 너는 너무나 위험한 사선을 걷고 있었지. 후후, 천리안 바타르. 우습게 볼 위인이 아니란다. 너도 겪었겠지만 그의 눈은 정말 천 리를 살피고도 남을 정도다. 그자를 막으려면 최소한 소향이라도 나서야 하지만… 너도 알게다. 소향이 나서는 순간 어떤 일이 벌어질지."

"예……."

안다. 아주 잘 안다.

소향이 움직이면, 그녀가 움직인다.

사악하고 부정적인 여인을 뜻하는 별호로 불리는 마녀가.

마녀가 움직이면… 어떤 일이 벌어질까?

전쟁은 그 순간 중지될 것이다.

그리고 아주 거대한 파도에 집어 삼켜지는 것처럼 모조리 박살 날 것이다.

"그래서 어쩔 수 없었다. 너를 구하려면… 혜아가 꼭 필요했어."

"후우……."

무린은 호연화의 말에 한숨을 쉴 수밖에 없었다. 그녀의 말이 꼭 네가 부족해서 그런 거다. 네가 강했다면 그럴 일은 없었을 거야. 이렇게 질책하는 것처럼 들렸다. 물론 질책은 아니었다.

후후.

나직한 웃음 뒤, 호연화가 다시 말했다.

"너를 탓함이 아니란다. 그러니 그런 표정 짓지 마렴. 이 어미는 운명을 믿는 단다. 내 인생에 불이 들어오기 전까진 믿지 않았지만, 들어오고 나니 안 믿을 수도 없겠더구나. 한 가족의 운명이 그리 정해진 게야. 차라리 그리 수긍하고 가는 게 속이 편할 거란다."

"……."

대답은 또 못했다.

예전의 어머니. 북방으로 끌려가기 전의 어머니는 운명을 믿는 분이 아니셨다. 어머니는 상당히 현실적인 사고를 지니신 분이셨다. 오로지 겪고, 보고, 느낀 것만으로 판단을 내리시는 분이셨다. 그러신 분이 지금은 운명론을 믿고 있었다.

믿기지 않는 정도는 아니지만, 정말 의외이긴 했다.

그러나 무린은 고개를 끄덕였다.

운명(運命).

천명(天命).

무린도 이제는 믿는다. 그리고 결코 이 운명은 번복될 수 없다는 것도 믿는다. 인간의 힘으로는 결코 저 초자연적이고 불가사의한 힘을 막을 수 없다는 것도 믿는다.

그렇게 인정하고 나니, 피식, 웃음이 나왔다. 부지불식간 튀어 나온 웃음에 호연화가 눈을 동그랗게 떴다. 그리고 무린의 얼굴을 살폈을 땐 동그랗게 떠진 눈이 다시 잔잔하게 가라앉았다.

무린의 웃음이 그다지 좋은 뜻의 웃음이 아니라는 것을 미소에서 본 것이다.

"힘들었나 보구나."

"예, 하지만 제가 아는 어머니도… 운명을 믿지 않으셨습니다."

후후.

"믿지 않을 도리가 없다 하지 않았니. 그리 상황을 몰고 가는데… 도저히 이 어미도 운명을 믿지 않을 수가 없었어. 너무 가혹하고, 처절한 인생이 어찌 나 하나뿐이겠냐마는… 그래도 이건 너무한다 싶었다. 한명운 선생이 그러셨다. 너와 나, 혜와 월이를 포함해 우리 가족은 정말 운명이 몰고 가는… 처절한 인생이 될 것이라고. 그때가 벌써 십수년 전이다. 그런데 지금 어떠니? 한명운 선생의 말처럼 되고 말았다. 그분의 말씀은… 예언이라 해도 과언이 아니다."

"예. 저도… 공감합니다."

공감하고말고.

이미 이리 처절하게 겪고 있는데.

그래도 지금 무린의 가슴은 한결 가벼웠다. 하나를 결말 지었기 때문이다. 그리고 그 하나는 무린의 숙원이라 해도 과언이 아닌 하나였다.

바로 어머니를 모시는 것.

어머니가 곁에 있다.

이 하나만으로도 무린의 가슴은 상당히 가벼워졌다.

무겁던 돌덩이 하나가 내려간 기분이다.

"그래도 잘 헤쳐 왔구나. 나는 네가 정말 자랑스럽단다."

"……."

조용하지만 따뜻하고, 힘 있는 그 말에 무린은 대답할 수 없었다. 자애롭게, 정을 가득 담아 보내오는 시선에는 절로 고개가 숙여졌다. 그럴 힘이 호연화의 어조와 눈빛에 담겨 있었다.

"월이는 괜찮니?"

무린의 반응에 다시 조용히 웃은 호연화가 가볍게 화제를 전환해 갔다. 무린은 굳이 거스르지 않고 따라갔다.

"예. 처음에는 많이 힘들어 했지만… 요즘에는 많이 좋아졌습니다. 스스로 힘이 되기 위해 의술도 열심히 공부하고 있습니다."

"다행이구나. 소식을 듣고 얼마나 걱정했는지 모른다. 그리고… 곁에 있어줄 수 없어 너무나 미안했단다."

"아닙니다. 월이는 어머니를 닮아 강합니다."

"후후, 월이는… 나보다 그이를 많이 닮았지."

"예, 그렇긴 합니다만……."

맞는 말이다.

사실 성격은 무린과 무혜가 호연화를 많이 닮았다. 월이는 얼굴도 그렇게 체형도 그렇고, 성격까지 아버지를 많이 닮았다.

무뚝뚝한 무린이나 무혜가 어머니를 닮은 것이다. 아버지는 상당히 밝으신 분이라고 했다. 그게 오랜 도피 세월과 고된 일에 점점 웃음을 잃으신 거라 했다.

어떻게 아냐고?

북방으로 끌려가기 한두 해 전, 무린이 물어본 적이 있었다.

어머니. 아버지는 왜 안 웃으시나요? 기쁜 일이 없으신 건가요? 이렇게.

그때 호연화는 사실 도피 세월에 대한 언급은 안 했지만, '우리 가족을 위해 너무 열심히 일하셔서 힘들어 그렇단다' 이렇게 대답해 줬다.

도피 세월에 대한 건 무린이 뒤늦게 깨달은 부분이었다.

"월이가 가슴에 담았던 호원 소협은 어떤 분이셨니?"

호원 소협이라는 호칭을 썼다.

본가의 사람임에도 딸의 낭군의 될 사람이었으니 대우를 해주는 것이다. 그 부분이 정말 어머니답다 생각한 무린이었다.

대답은 바로 나오지 않았다.

"아… 음."

무린은 잠시 생각에 잠겼다.

호원.

무월이가 가슴에 담았던 중천… 아니, 이제는 남궁세가주의 전 수하. 호원을 가장 잘 설명할 수 있는 단어를 무린은 금방 찾았다.

"아버지 같은 분이셨습니다."

"어머… 그랬니? 후후. 하긴, 월이가 그이를 가장 많이 따랐지. 만날 업어달라고 징징거리기도 했고. 안 놀아주면 땡깡 부리고 바닥에 철퍼덕 앉아 울고 그랬지."

"예, 저도 기억이 납니다. 그래서 어머니한테 많이 혼났지요."

"후후후. 그래, 그랬지. 아아. 그래서였구나. 월이는 그이가 이상형이었나 보구나."

"하하하."

무린은 가볍게 웃었다.

생각해 보니 그랬다.

조용하고 무뚝뚝한 호원이었다. 웃음이 많은 사내가 아니었다.

그 부분이 무린이 끌려가기 전 마지막 시기에 보았던 아버지의 모습과 닮았다. 그래서 무월이 끌렸던 것 같았다. 몰랐지만, 지금 생각해 보니 그랬다.

아버지의 뒷모습을 좇다가 호원에게서 그 모습을 발견,

저도 모르게 스르륵 끌려갔던 것이다.

하지만 그렇다고 정말 아버지라 생각하고 무월이 호원을 가슴에 담은 건 아니었다.

무월은 밝지만 그래도 생각이 깊은 아이다. 그런 생각으로 호원을 대하는 게 실례라는 걸 충분히 알고 있었을 것이다.

"그래도 잘 이겨 냈다니 다행이구나. 쉽지 않았을 터인데……."

"대견한 녀석입니다."

"후후후."

쉽지는 않았다.

무린이 먼저 복수를 권했지만, 그걸 받아들였을 정도로 무월은 힘들어 했으니 말이다. 하지만 지금은 정말 괜찮아졌다.

스스로 전부 이겨 낸 모습이었다. 앞으로 아무런 걱정을 안 해도 될 정도였다.

"혜는 어떠니?"

"음……."

이번엔 무혜가 주제로 올랐다.

무린은 바로 대답하지 못했다.

무린이 보기에 무혜는… 좀 문제가 있었다. 아무런 문제도 없어 보이긴 하지만, 그건 겉모습뿐이라 무린은 생각했다.

무혜는 너무 많은 일을 겪었다. 수없이 많은 사람의 목숨을 빼앗은 것도 큰 문제다.

무린은 이미 충분히 준비가 된 상태에서 전쟁에 돌입했지만, 무혜는 정말 갑작스럽게 전쟁에 개입했다. 충분히 준비가 되었다고 절대 장담 못 했다. 게다가 가장 큰 문제는… 바로 관평의 죽음이었다.

무린도 힘들었다.

아니, 지금도 충분히 힘들었다. 그럼 무혜는? 그 아이가 이겨 냈을까? 무린은 절대 불가능할 것이라 생각했다.

겉으로 보기에는 괜찮았다.

예전과 비교해서 정말 조금의 차이도 없었다. 정말 '조금'의 차이도 말이다.

바로 이 부분이 무린은 걱정이 됐다.

상식적으로 불가능했다.

그렇게 강한 비천대도 가끔 관평의 존재를 그리워한다. 남궁유청도, 백면도 그랬다. 장팔은 말할 것도 없었다.

그런데 무혜는 너무 괜찮았다.

이 부분이 비정상적인 것이다.

그렇다면 생각해 낼 수 있는 건 한 가지뿐이다.

연기다, 연기.

무혜는 지금 괜찮다는 연기를 하고 있다고 무린은 생각했다.

무린이 아는 무혜는 그렇게 빨리 자신을 위해 죽은 관평을 잊을 수 있는 아이가 아니었다. 벌써 괜찮다는 건 정말 어불성설인 일이다.

문제는 바로 무혜가 연기를 하고 있다는 것, 그 부분이다.

"제 전우 중 하나가 무혜를 가슴에 담았습니다. 이름은 관평. 젊지만 정말 유능하고 사내다운 전우였습니다."

"으음……."

무린이 가만히 입을 열자, 무린의 어조에 담긴 슬픔을 바로 받아들인 호연화가 나직한 신음을 흘렸다.

하지만 무린은 그래도 해야 한다고 생각했다.

"상황이 상황인지라 그런 마음을 표현하지는 않았지만… 혜도 알고 있었을 겁니다."

"……."

"무혜가 북방에 오고, 모든 게 순조로웠습니다. 위기는 있었지만 제법 잘 헤쳐 나왔습니다. 무혜 덕분입니다. 그러다가 일이 터졌습니다. 하필이면… 제가 소전신과의 싸움으로 크게 다쳐 소향의 도움을 받았을 때 일어났습니다."

"……."

가만히 듣기만 하는 호연화.

무린은 계속해서 말을 이었다.

"길림에서 빠져나오던 마지막 도주전에서… 구양가의 마인 하나가 무혜를 노렸습니다. 암마군. 듣기로는 암기를 다룬다는 자입니다."

"……."

"예. 암기는 정확히 무혜를 노렸습니다. 무공을 익히지 않은 무혜가 그걸 피할 길은 결코 없었습니다. 하지만 무혜는 살았습니다. 관평이… 눈치채고 본인이 대신 암기에 맞았기 때문입니다. 옆구리부터 시작해 암기가 아예 관통했습니다. 내부 장기가… 다 터졌다고 들었습니다. 즉사해도 부족하지 않을 부상을 입고 마지막까지 힘을 낸 관평은 배에 올라서고 나서야 숨을 거뒀습니다."

"하아……."

깊은 탄식이다.

무린의 말에 무혜의 현재를 정확히 꿰뚫어 본 것이다.

"어머니가 아는 무혜는 참 차분합니다. 제가 아는 무혜도요. 하지만 그렇다고 냉정한 아이는 아닙니다. 그런 아이가… 그런 일을 겪었는데도 너무 멀쩡합니다. 전과 다른 게 하나도 없습니다. 마치 전부 이겨 낸 모습을 보이고 있습니다. 저는 이게 걱정스럽습니다."

"남이 알면 걱정할 테니… 연기를 하고 있구나. 혜는."

"예, 저도 그렇게 생각합니다."

"혜라면 그러고도 남을 아이지."

가만히 대답하는 호연화.

무린만큼 무혜를 잘 아는 사람이 호연화다. 아니, 어쩌면 무린보다 더 잘 알 것이다.

왜? 어머니니까.

호연화 본인이 배 아파 낳은 아이니까.

어미가 자식을 모를 수는 없는 법이다. 그 당연한 법칙에 따라 호연화는 아마 무린보다 더 무혜를 잘 알 것이다. 그리고 무린도 호연화도 같은 생각을 하고 있었다.

그렇다면 이건 정답이다.

결코 틀리지 않을 것이다.

"속으로… 곪지는 않을까 걱정입니다."

"……."

충분히 가능성 있는 얘기에 호연화는 침묵했다.

상처는 치료하지 않으면 곪아 썩어 들어간다. 그건 마음의 상처도 마찬가지다. 도려내거나 상처에 탁월한 약을 끼얹어야 한다.

하지만 이건 환자가 치료를 받을 생각이 있어야 가능한

일이다.

꽁꽁 안으로 싸매면… 답이 없다. 특히 마음의 상처는 더더욱 답이 없다.

무혜가 지금 딱 후자 상태였다.

무린은 그 이유도 알고 있었다.

"그 아이는 지금… 군사라는 직책에 과도한 압박을 받는 게 아닌가 싶습니다."

"……"

군사인 자신이 흔들리는 모습을 비천대에게 보여주기 싫은 것이다. 여기에는 무린도 포함됐다.

사실 무린이 북방에 혼자 가겠다고 선언한 데에는 무혜에 대한 이유도 포함되어 있었다. 물론 본인에게는 비밀이었다.

"혜에게는 쉴 시간이 필요합니다. 어머니의 곁에서요."

"……"

무린의 말에 호연화가 가만히 웃었다. 그 웃음은 기쁜 웃음이 아니었다, 슬픈 웃음. 자조의 웃음이었다.

무린은 왜 호연화가 그런 미소를 짓는지 바로 눈치챘다.

"어머니 탓이 아닙니다."

"그리 단언하니… 더 혜아에게 미안하구나."

"어머니."

"혜를 그곳에 보낸 건 나다. 그건 부정할 수 없는 사실이야. 너를 구하기 위해서라는 명분이 있었지만 그 일로 혜아가 마음의 상처를 입었다. 최소 반절은 이 어미의 잘못이다. 그러니 아무런 위로도 하지 말거라."

"……."

무린은 입을 다물었다.

조용하지만 무린이 아는 호연화 특유의 힘이 담겨 있는 말이었다.

이럴 때 호연화의 말을 번복할 수 없다는 건 이미 충분히 아는 무린이다. 계속해서 떼를 쓰다가는 불벼락이 떨어질 것이다.

그것도 혼이 쏙 빠져나갈 만큼 강력한 불벼락이 말이다. 무린이 아무리 강해져도 어머니 앞에서는 자식일 뿐이다.

가슴이 아프다. 그래서.

후우…….

깊은 한숨을 뱉어내는 호연화. 잠시 감았던 눈을 다시 뜬 그녀가 조용히 다시 입술을 열었다.

"혜아 일은 어미가 알아서 하마. 너는 너무 걱정하지 마렴."

"예……."

"말꼬리가 늘어지는구나. 이 어미가 못 미더운 거니?"

"아닙니다."

어조와 말투가 살짝 변했다.

화났다는 증거였다.

그걸 즉각 알아차린 무린이었다. 그러자 호연화가 후후 하고 다시 웃었다. 그러더니 '아직도 이러면 겁을 내는구나. 후후후' 하고 혼자 중얼거리는 걸 보고 무린은 살짝 가슴을 쓸어내렸다.

"혜아 얘기는 그만하자. 어미가 알아서 할 터이니. 그것보다……."

스윽.

호연화가 주변을 한차례 돌아봤다.

움찔.

호연화의 시선을 느낀 비천대가 눈에 띄게 움찔거리는 모습들이 보였다. 무린의 눈에도 부자연스러울 정도였다. 모자의 대화를 엿듣고 있던 게 분명했다.

"후후, 우리 대화가 그리 궁금했던 모양이네. 무린아."

"예, 어머니."

"늦었지만 이제라도 소개시켜 주지 않겠니?"

"예."

'장팔' 하고 조용히 무린이 부르자 '네!' 하고 우렁찬 대답이 들려왔다. 그리고 아주 바람처럼 내달려오는 장팔.

"어머니가 비천대를 보고 싶어 하신다. 아직 인사도 못 했으니… 지금 하자."

"네!"

비천대 정렬!

뒤돌아서 장팔이 크게 한 번 외치자 숲이 부르르 떨었다. 나뭇가지에 맺혀 있던 눈송이들이 마구 떨어졌다.

몇몇 조장이 눈살을 찌푸렸다.

그걸 보면서 무린은 관평이 있었다면 장팔의 뒤통수를 후려쳤을 거라 생각했다.

그걸 못 보니 어쩐지 허전한 마음이 들었다.

이거 봐라. 무린도 잊지 못했다. 몇몇 사람들도 서로 주변을 두리번거리며 눈치를 슬금슬금 봤다. 마치 누군가가 장팔의 뒤통수를 쳐주길 바라는 것 같았다.

아니면 내가 칠까?

이렇게 생각하는 것일지도.

하지만 장팔의 뒤통수를 호쾌하게 후려치는 건 관평이 아니면 안 됐다. 맛이라는 게 있으니까.

고개를 슥슥 저어 생각을 정리하고 나니, 어느새 비천대는 바로 앞에 질서정연하게 도열해 있었다.

모두 모이자 무린이 먼저 말을 하기 전에, 호연화가 한 발자국 앞으로 나섰다. 그리고 천천히, 천천히 두 손을 모아 고개를 숙였다.

비천대가 모인 이유와, 결과의 첫 대면이었다.

第百七十五章 대면(對面)

귀환병사

　비천대가 모인 이유는 아주 확실하다.

　마녀? 아니다. 바로 남궁세가에 무린의 복수를 하기 위해, 그리고 무린의 어머니를 구출하기 위해 관평과 장팔이 고민하다가 무혜의 부탁에 넘어가 소집됐다.

　그리고 이유는 이게 전부였다.

　정말 딱 이 두 가지가 비천대가 무린을 위해 모인 이유의 전부였다. 그리고 비천대가 모인 이유, 그 결과가 나타났다.

　무린의 복수도 끝났고, 실질적인 목표였던 대모, 호연화도 바로 눈앞에 있었다.

"감사합니다."

호연화의 첫마디였다.

그녀는 이런저런 얘기들을 늘어놓지 않았다. 정말 진심을 담아 공손하게, 그 감사의 인사를 올렸다.

남의 감정을 잘 느끼지 못하는 사람이라도 지금 호연화의 인사에 담긴 진심을 느낄 수 있을 것 같았다.

스윽.

"저 때문에 많은 분이 희생하셨다는 것을 알고 있습니다. 이 감사를… 어떻게 갚아야 할지 모르겠습니다."

그렇게 말하는 호연화의 고개는 올라오지 않았다.

이 또한 진심이었다.

진심이 정말 철철 넘쳐흘렀다.

무린은 호연화를 말리지 않았다. 이는 어머니 당신이 느끼는 감정이다. 이걸 표하는 것은 결코 나쁜 것도, 부끄러운 것도 아니었다.

오히려 하지 않는 게, 감사를 표하는 걸 막는 게 더 나쁘고 부끄러운 짓이라는 걸 무린은 잘 알고 있었다.

스윽.

그때 앞으로 나서는 비천대원이 있었다.

백면이었다.

"대모께서는 고개를 드셨으면 좋겠습니다."

묵직한 그 한마디.

아주 많은 의미가 담겨 있었다. 그 의미를 모를 호연화가 아니었다. 그녀의 허리가 천천히 펴졌다.

마주보는 두 사람.

"그대가 백면이라는 분이군요."

"네, 대모를 뵙습니다."

대모를 뵙습니다!

우렁우렁한 인사가 아니고, 짧고 강렬한 인사였다.

그럼에도 군기가 바짝 든 인사.

그 인사에 호연화가 비천대의 면면을 하나씩 전부 살폈다. 마치 뇌리에 각인이라도 시키는 모습이었다.

호연화의 입가에 미소가 걸렸다.

정말 자애로운 미소였다.

어렸을 적 무린이 간간히 보았던 그 미소였다. 그래서 정말 그리웠던 미소였다. 꿈속에서나 정말 간간히 보았던, 그 미소였다.

백면이 앞으로 한 발자국 더 나섰다.

"이제 인사는 그만해 주십시오. 충분히 대모의 진심을 받았습니다."

"하지만……."

"충분합니다. 여기 있는 모두… 대주가 아니었으면 이미 황천을 떠도는 귀신이 되었을 몸들입니다. 그 목숨을 대주에게 다시 갚은 것뿐입니다. 결코 이런 인사를 받으려고 한 일이 아닙니다."

"……."

백면의 말에 비천대가 고개를 끄덕거렸다. 작은 끄덕임들 이었지만 백여 명이 전부 끄덕이자 묘한 기세가 느껴졌다.

그 말에 호연화가 다시 가볍게 웃었다.

"장팔. 이제 쉬도록."

무린은 상황을 가볍게 정리했다. 이러다가는 분명 계속 서로 고집을 부릴 게 분명했다.

어머니의 행사에 아들이 나서는 것은 무례였지만, 이렇게 해야 정리가 될 거라 무린은 생각했다. 무린의 말을 받아 장팔이 비천대를 해산시켰다.

조장들은 남아 무린을 따라 모닥불 근처로 자리 잡았다. 그들이 자리 잡자 하나씩 소개를 시작하는 무린.

제종과 갈충부터 시작해 차례대로 전부 소개를 하자 호연화가 다시 일어나 자신을 소개했다. 마지막은 남궁유청이었다.

"창천유검께서 함께하셨다는 얘기는 익히 들었습니다.

제 아들을 도와주어서 정말 감사합니다."

"허허, 아니오. 나야말로 대주가 대모의 아들이었다는 사실을 알고 얼마나 놀랐는지… 정말 대견한 아드님을 두었소."

남궁유청은 처음에는 몰랐다.

하지만 호연화의 얘기는 북방을 전전하면서도 안 할 수가 없었고, 남궁유청의 귀에는 아주 자연스럽게 들어갔다.

사실 걱정하긴 했지만, 어느 순간부터는 남궁유청을 인정한 비천대라 크게 걱정은 하지 않았다.

그리고 실제 남궁유청은 무린이 남궁가의 대모, 남궁연화의 아들이라는 점에도 크게 동요하지 않았다.

"후후, 이 아이가 저를 많이 닮았지요?"

"허허, 대주도 대주지만… 대모를 정말 닮은 건 군사가 아닌가 싶소."

"후후후."

남궁유청의 대답에 호연화는 가볍게 웃었다. 그리고 남궁유청의 말에 비천대의 조장들은 전부 고개를 끄덕거렸다.

확실히 무린보다는 무혜가 정말 호연화를 많이 닮았다. 얼굴의 생김새부터 시작해서 체형, 성격까지. 정말 놀랍도록 판박이였다. 무혜를 보면 딱 젊은 시절의 호연화였다.

아, 조금 다른 게 있다면 옛날의 호연화보다 좀 더 차갑고 냉정하다는 부분일 것이다.

"혜를 잘 지켜주셔서 정말 고맙습니다."

"허허, 해야 할 일을 했을 뿐이오."

"참, 따님의 일은……."

"괜찮소. 이미 가슴에 묻었으니. 그 아이도 편히 쉬고 있을 것이오."

"……."

호연화는 이번에는 옅게 웃었다.

그 미소는 타인을 위로하는 미소였다.

"이리 보니… 정말 군사와 판박이네. 판박이야. 킬킬킬."

툭 치고 들어오는 말.

웃음으로 보니 안 돌아봐도 갈충이라는 것을 알 수 있었다. 그의 말은 이상하게 분위기를 푸는 힘이 있었다.

호연화의 시선이 갈충에게 향했다.

"그대가 갈충 대원이시군요."

"킬킬, 대모. 말은 낮춰주십시오. 내 아무리 말을 막 해도 대모에게 존대를 듣기는 좀… 킬킬."

"편해지면 그리할게요."

"아으……."

이것 봐, 군사의 성격이 다 여기서 나온 게 틀림없어! 킬킬! 하고 혼자 너스레를 떠니 조장들이 피식 웃었다.

"제 아들에게 힘을 보태주는 그대들에겐 정말 감사하고 있어요. 부족한 아들이지만… 앞으로도 잘 부탁드립니다."

"아닙니다, 대모."

호연화의 말에 모두가 손사래를 쳤다. 무린은 아무런 말도 하지 않았다. 기분이 묘했다. 부모가 자식의 동료에게 자식을 부탁하는 것. 결코 보기 힘든 장면이 아니었다. 흔한 일이다.

그런데 왜 가슴이 뭉클할까? 뭔지 모를 오묘한 감정이 가슴속에서 피어났다. 그래서 무린은 아무런 말도 못했다. 감정을 추스르기 바빴으니까.

"그보다 대모… 경지가 대단합니다. 제가 가늠을 못 할 정도니……."

백면이 화제를 전환했다.

화제는 호연화의 경지였다.

자연스럽게 무공 이야기로 흐름이 전환되자, 모두가 눈을 빛냈다. 이제 비천대는 누가 뭐래도 무인들이다.

그러니 무공 이야기는 요즘 이들의 주된 화제다. 그리고 가장 흥미 있어 하는 화제이고. 무린은 어머니 호연화를 가만히 바라봤다.

'확실히…….'

경지가 엄청나셨다.

절정의 벽을 넘어, 탈각의 경지로는 들어서지 못하셨다. 그건 확실했다.

하지만 어머니의 경지는 최소, 정말 최소로 잡아도 백면이나 남궁유청의 경지에 근접해 계셨다. 아니, 이미 먼저 그곳에 도달하셨다.

막대한 내력도 느껴졌다.

남궁가 직계이시지만 여인의 몸에는 어울리지 않는 천뢰제왕공을 익히지는 않으셨다.

'남궁가의 내력은 아니야. 따로 내공심법을 익히신 건가?'

무린은 남궁세가의 모든 내공심법을 견식했다. 바로 며칠 전에. 천뢰부터 시작해 창궁까지 전부 봤다.

그래서 각각의 심법마다 가지고 있는 고유의 감각을 전부 알고 있었다. 그런데 어머니의 내공심법은 남궁세가의 무인에게서 한 번도 느껴본 적이 없던 심법이었다. 서늘하면서도 도도한 기의 흐름.

이는 비천신기와도 달랐다.

여태껏 처음 본 심법.

"어디 어미를 훔쳐보느냐."

"아, 죄송합니다."

무린은 즉각 상단전을 닫았다.

순간적으로 큰 실수를 범했다는 걸 깨달은 것이다. 옛날이었다면 불호령이 떨어졌을 것이다. 그러나 지금 호연화는 무린을 혼내는 것 같지만 얼굴은 웃고 있었다.

"이거, 대주를 꼼짝 못 하게 하는 사람을 내 살아생전 보다니… 뭔가 이상합니다. 하하하."

"킬킬, 앞으로 대주가 못마땅하게 굴면 대모에게 일러바치면 되나?"

백면과 갈충의 농담에 모두가 작게 웃었다.

"그보다… 여러분들은 앞으로 어쩌실 생각인가요? 여러분들이 모이신 이유는 저 때문이라 알고 있습니다. 이제 목적은 이뤄졌으니……."

뒷말을 살짝 흐리는 호연화.

"끝까지 갈 작정입니다. 대모, 혹시 마녀라는 이름을 들어보셨습니까?"

"마녀……! 듣다마다요. 만나기도 했습니다."

번쩍.

무린은 호연화의 얼굴로 바로 시선을 던졌다.

마녀를 만났다고?

무린의 시선을 받은 호연화가 조용히 웃었다. 주름 하나 없는 그녀의 미소에 무린은 심장이 덜컥했다.

겁났기 때문이다.

인간 같지 않은 마녀가 어머니에게 무슨 짓을 했을까 봐
말이다.

"후우, 십 년은 되었습니다. 남궁세가에서 제가 있던 연
화원은 연화대의 무인들이 지키고 있습니다. 가주의 명이
아니면 결코 움직이지 않는, 천뢰대와 어깨를 나란히 하는
남궁세가 최고의 무력단입니다. 둘 다 스스로 드러내지 않
고 어둠 속에서 남궁세가를 지키는 절정의 검대이지요."

역시.

남궁세가의 저력은 남아 있었다.

창궁, 창천, 철검대 말고도 더 있었던 것이다.

"그런 연화대와 천뢰대의 경비를 뚫고 제 앞에 홀연히 나
타났습니다. 차를 따르고 앞을 보니 있었지요. 어찌나 놀랐
던지⋯⋯."

"⋯⋯."

"⋯⋯."

사람이 잠시 다른 곳에 한눈을 판 사이, 그 사이 동안 나
타나 자리를 잡았다. 이건 그냥 웃어넘길 일이 아니었다.
딴 마음을 먹었다면 앞이 아닌, 그냥 목을 툭 쳐서 들고 사
라졌을 수도 있었을 테니 말이다.

"진정시키고 물었습니다. 누구신지, 하고요."

"대답했습니까?"

"예, 했습니다. 마녀라 불린다고 했지요. 그 이름을 듣고 저는 알 수 있었습니다. 한명운 선생이 말했던 사람이… 눈앞에 이 여인이구나. 그녀는 제게 본명도 말해줬습니다."

"본명이요? 뭐라고 했습니까?"

"유라."

"유라?"

"예. 그게 자신의 진명이라 했습니다. 물론, 자기 스스로도 잊은 지 오래된 이름이라 했습니다."

"음……."

뜻이 있나?

무린은 유라라는 진명으로 여러 생각을 해봤지만, 당연히 아무런 단서도 잡을 수 없었다. 뜻풀이도 소용이 없는 이름이었다.

"찾아온 용건은 뭐였습니까?"

재차 이어지는 백면의 질문에 호연화의 시선이 그에게서 떨어져 다시 무린에게 향했다. 살며시 눈꺼풀이 내려왔다. 아주 조금. 어둠 속이지만 무린은 그 작은 움직임을 잡아냈다. 그리고 눈동자에 깃든 기운도 파악했다.

미안함.

"감사의 인사를 하러 왔다고 했습니다."

"감사의⋯ 인사?"

영문을 모를 말이었다.

하지만 무린은 알 수 있었다.

무엇에 대한 감사인지.

파삭.

손에 쥐고 있던 불쏘시개가 순식간에 반 토막이 났다. 아니, 잘게 부스러졌다. 금이 쩌저적 가더니 조각조각 흩뿌려졌다.

"대주?"

"⋯⋯."

갑자기 기세가 돌변한 무린에게 시선이 전부 모였다. 의문 섞인 시선이었다. 하지만 한 사람, 호연화만이 걱정스러운 시선으로 무린을 봤다. 그녀도 당연히 무린이 왜 저러는지 알고 있었다.

그 이유를 마녀가 가르쳐 주고 갔기 때문이다.

이로써 완전해졌다.

무린은 그렇게 생각했다.

"비천신기."

"아⋯⋯."

이 주제로 한 번 대화를 나눈 적이 있었다. 무린이 비천신기라 하자마자 모두가 납득한 표정을 지었다.

마녀가 호연화에게 한 감사. 그건 그릇… 에 대한 감사다. 무린이라는 그릇을 낳아줘서 고맙다는… 감사.

"허어, 그릇을 낳아줘서 감사하다는 건가…….."

남궁유청이 바로 꿰뚫어 봤다.

무린은 그 말에 천천히 고개를 끄덕였다. 상식적으로 생각해 봐도 그것밖에 없었다. 무린은 어머니를 다시 바라봤다.

그러자 천천히 고개를 끄덕이는 어머니를 보고 다시 질끈 입술을 깨물었다. 아, 정말 역린이다.

마녀의 존재는 무린의 단단한 정신을 너무나 쉽게 흔들었다. 탈각 후 정말 금강석처럼 단단해진 무린의 정신력이다. 웬만한 일에는 아주 조금도 요동치지 않는다. 그런데 마녀에 대한 얘기만 나오면 짜증이 무럭무럭 샘솟았다.

마치 터진 둑에서 물이 밀려오는 것처럼 말이다.

혼심은 아니었다.

이제 혼심은 완전히 느낄 수 없었다. 지울 수도 없다는 것도 알고 있다. 다만, 혼심에 대한 제어권을 단문영과 같이 가졌다는 부분도 알 수 있었다.

탈각은 이리 대단하건만…….

오직 마녀에 대한 저항만 무용지물이었다.

"무슨 이유인지는 혹시 못 들으셨습니까?"

백면이 호연화에게 물었다.

"……."

호연화는 대답 대신 고개만 저었다. 듣지 못했다는 뜻이다. 그 후 천천히 입을 여는 호연화. 얼굴에는 근심이 가득했다. 필시 아들에 대한 걱정 때문일 것이다.

"묻긴 했지만 그녀는 웃기만 했습니다. 아주 신비로운… 미소였어요. 그리고 저는 그 미소에서 다른 한 가지를 느낄 수 있었습니다. 그건 같은 여인만 느낄 수 있는… 그런 미소였습니다."

"어떤 미소였는지……?"

"정(情)."

"정… 말씀이십니까?"

이해가 안 갔다.

정… 이라니?

호연화의 얘기는 계속됐다.

"하지만 모정은 아니었어요. 자식에 대한 정은 분명히 아니었습니다. 아이를 낳아 기른 저라 알 수 있습니다. 하지만 또 비슷했습니다. 그러니 그건… 가족에 대한 정."

"가족……? 혹시 광검? 광검 위석호?"

"그리고 그의 동생 위운혜."

백면과 갈충이 두 사람의 이름을 거론했다.

마녀를 누님이라 부르던 광검이었다. 현 상황에서 가장 마녀의 가족이라 말해도 타당한 이는 광검, 그 하나뿐이다.

"광검? 그가 마녀의 동생인가요?"

호연화의 말에 모두가 고개를 끄덕였다.

그들이 알기로는 그렇다.

광검 위석호가 직접 밝힌 사항이니 말이다. 하지만 어떤 연유에서인지 이 남매들은 서로에게 검을 겨누고 있었다. 그 이유도 역시 모른다.

아니, 말하려고 했지만 무린이 듣기를 원하지 않았다. 그 걸 안다고 마땅한 방법이 생기는 것도 아니었다.

게다가 조금만 들었는데도 느낌이 왔다. 들어도 이해하기 힘들 거라는 느낌이 말이다. 그래서 듣는 걸 거절했다.

아, 역시. 잠깐 생각했는데도 머리가 아팠다.

지끈거릴 정도였다.

"역시……."

"혹시 뭔가 다른 얘기를 들은 게 있으십니까?"

"바로 잡는다고 했습니다."

"바로 잡는다?"

"예. 어긋나고 비틀린 세계를 바로 잡는다고……."

"……."

이건 또 무슨 소릴까?

어긋나고, 비틀린 세계?

당최 감조차 잡히지 않는 말이었다.

"세계를 바로 잡는다… 킬킬. 이 세상을 멸망이라도 시킬 셈인가? 푸흐흐!"

"어이어이, 농담처럼 들리지 않는다고……."

"……."

갈충의 농담을 제종이 진담처럼 받아들였다. 그런데 그건 제종뿐만이 아니었다. 다른 이들도 마찬가지였다.

얼굴이 잔뜩 어두워져 있었다.

"진심으로 원하는 게 세상의 멸망인가? 일단 강호의 멸망을 원하는 건 확실하고……."

백면의 나직한 말을.

"그래서 비천신기가 필요하다……."

무린이 받았다.

하지만 그래도 의문이 남는다.

"강호의 멸망을 원하는 거라면… 사실 지금 마녀의 힘으로도 충분할 텐데?"

그걸 다시 백면이 받았다.

"……."

무린은 대답 대신 고개만 끄덕였다.

그 말에 인정할 수밖에 없었다. 마녀가 도대체 몇 살이나 먹었는지, 그 살아온 세월조차 가늠이 불가능한 존재.

탈각을 이루고도 단 일 수를 감당할 수 없을, 끝을 알 수 없는 무력. 그녀 하나만 떠도 강호는 멸망의 길을 걷게 될 거라는 사실을 무린은 부정할 수가 없었다.

직접 보았기에, 훨씬 더 크게 그 힘이 두렵게 다가왔다.

"마녀가 뭔가 다른 방도를 꾸미고 있다는 것은 분명해 보이는군."

남궁유청의 말이었다.

그 말에 무린은 이번에도 고개를 끄덕였다.

비천신기가 필요한 이유가 분명히 있을 것이다. 그러니 굳이… 무린에게 비천신기를 전해줬을 것이다. 그리고 그건 마녀의 목적을 위해 필요한 힘이 분명하다.

또 하나 확실한 게 있다면.

비천신기를 그녀가 직접 생성할 수 없다는 것이다.

이쯤 되니 드는 아주 당연한 의문이 하나 있다. 그 의문은 떠오르는 즉시, 미처 막지도 못하고 입 밖으로 튀어나왔다.

"왜 나지?"

바로 이 부분이다.

"……."

"……."

무린의 말에 아무도 대답하지 않았다. 아니, 못했다. 모르기 때문이다. 그리고 각자 생각에 잠겼다.

왜 무린일까?

왜 무린을 그릇이라 보았고, 왜 직접 손을 써서 비천신기의 생성을 도왔을까?

마녀 주변은 무인 천지다. 넘쳐흐른다. 그 세가 엄청나다고 소향에게 직접 들었다. 그럼 그중에서 하나 찾으면 충분하지 않았을까?

정말 절실히 필요했다면 그렇게 하는 게 훨씬 효율이 좋을 것이다.

"대주만 가지고 있는 것. 혹은 대주만 가질 수 있는 것."

백면이 조용히 대답했다.

"나만 가지고 있는 것?"

"……."

무린이 되묻자, 백면은 대답 대신 고개를 끄덕였다. 그에 무린은 눈살을 다시 찌푸렸다. 나만 가지고 있는 것. 의미가 불분명했다.

나만 가질 수 있는 것에 대해 무린은 생각해 봤다.

떠오르는 건 있지만, 그게 정말 나만 가지고 있는 걸까? 하는 의문이 곧바로 뒤따라왔다. 바로 투쟁심이다.

절대 포기하지 않는 투지.

바로 이 하나다.

그걸 빼면 무린은 그다지 특출 난 게 없었다.

아, 하나 더 있다.

운.

목숨이 경각에 달해도 살아남았던 운.

그건 운명이라고 해도 좋을 것이다.

반드시 사는 운, 그리고 투지.

이 두 가지가 전부다.

하지만 이것과 비천신기의 연관성은? 물론 이 운의 흐름으로 끝까지 살아남아 결국 비천신기의 생성으로 이어진 것은 맞다.

하지만 그건 마녀의 개입으로써 얻은 것. 그러니 그 혼자 온전히 얻은 것은 아니었다.

"모르겠군."

무린이 내린 결론이었다.

자신에게만 있는 것.

자신만 가질 수 있는 것.

자신이 아니면 가질 수 없는 것.

아무리 생각해 봐도 떠오르지가 않았다. 무린은 결론이 나오지 않을 것 같아 고민을 그만두기로 했다.

"답이 안 나오는 고민을 계속하는 건 무모한 짓이지. 이런, 두 분의 시간을 너무 빼앗았구려. 우린 그만 일어나겠소."

백면이 그리 말하고 자리에서 일어났다.

다른 조장들도 별말 안 하고 자리에서 일어났다.

"진시 초 출발하는 걸로 하지."

"그렇게 전하겠소. 그럼."

백면이 등을 돌려 자신의 자리로 돌아갔다. 그의 뒤를 따라 조장들은 각자 자리로 흩어졌다. 조장들이 사라지자 호연화가 가만히 무린의 손을 잡았다.

"괜찮니?"

"……."

갑자기 손을 덮어오며 툭 하고 가슴으로 들어온 말에 무린은 가슴이 철렁거리는 걸 느꼈다. 예상치 못한 순간에 들어온 따뜻한 말 한마디.

무린의 마음을 흔들기 충분했다.

하지만 무린은 절정 이상의 무인.

무려 탈각의 무인.

마음은 금방 안정을 찾았다.

"예, 괜찮습니다."

"힘들면… 털어놓아도 된단다."

"괜찮습니다."

무린은 재차 고개를 저으며 부정했다.

사실 답답하기는 하다. 하지만 어린애처럼 어머니 앞에서 털어놓을 정도로 힘들지는 않았다. 정신의 성장도 같이 이루었고, 솔직히 말해 이제 이런 상황… 익숙했다. 어디 한두 번 겪어 봤어야 말이지…….

틈만 나면 사정없이 내려쳐 온 운명의 망치 때문에 무린은 충분히 단단해졌다.

"장하게 컸구나, 우리 아들. 정말……."

호연화의 눈이 따뜻하게 물들었다.

무린은 그 눈을 바라볼 수 없었다. 단지 타오르는 모닥불을 응시하며 저도 모르게 웃기만 했다.

뭐랄까…….

좋았다.

그냥 좋았다.

어머니와 함께 있다는 사실이, 지금 이 순간 옆에 계시다는 현실이 마음을 너무나 풍족하게 채워줬다.

솔직히 항상 어딘가 텅 빈 느낌을 받았었다.

힘도 얻었다.

무혜와 무월, 가족도 있다.

그런데도 부족한 느낌.

그건 애써 의식하지 않으려고 했었던 어머니의 존재다.

언제나 위기에 위기인지라 딴 생각을 하지 않으려고 부단히 노력했었다.

그래서 받은 허전함이.

이제는 채워졌다.

아주 가득하게.

"현실감이 없습니다. 마치 지금이… 꿈같습니다."

"이 어미도 그래."

토막 낸 나무에 같이 앉아 있는 두 사람.

호연화의 얼굴이 아직도 사십 대 초반 정도밖에 안 되어 보이는지라 묘한 그림이었지만, 두 사람에게선 같이 앉아 있는 것만으로도 모자간의 정이 뭉클뭉클 흘러나왔다.

모닥불보다 그 정에서 나오는 온도가 더 뜨거울 것 같았다.

가만히 모닥불을 바라보는 무린.

무린은 이 순간이 영원했으면 좋겠다고 생각했다. 하지만… 그건 부질없는 희망이라는 걸 이미 잘 알고 있었다.

어떻게?

모든 게 끝난 것 같지만, 가장 큰 환란이 남아 있었기 때문이다. 몰랐다면 행복했을 것을…….

이미 알고 있고, 그 환란을 막아야 하는 최전선에 자신이 서야 할 운명이라는 것도 알고 있는 무린이었다.

후우…….

그래서 무린은 이 순간, 다시 한 번 다짐했다.

지금 이 현실을 다시는 그 누구에게도 빼앗기지 않겠다고.

그러려면 첫 번째, 두 번째도 결국은 힘을 갖춰야 한다고. 지금 자신으로는 턱없이 부족하다고.

그때였다.

"아들, 무리하지 마."

"…네."

뒤늦게 대답한 무린.

역시 어머니.

아들의 생각을 정말 여지없이 꿰뚫고 있었다. 하지만 무린은 이번만큼은 어머니의 말에 따를 생각이 없었다. 아버지는 이미 돌아가셨다. 집안의 가장은 자신이고, 집안을 지켜야 하는 의무를 아주 당연히 이어받았다.

어렸을 적, 잠잘 때만 빼고 모든 시간을 어머니를 지키려 노력하신 아버지처럼.

그는 주위를 지킬 것이다.

이 생각도 물론 어머니가 알고 있을 거라 무린은 생각했다. 하지만 어머니는 더 이상 말씀을 안 하셨다.

그저 말없이, 무린의 손을 잡고 가만히 모닥불을 바라보고 계셨다. 무린은 여기서 생각을 끊었다.

그리고 지금 이 순간을 즐기기로 했다.

모닥불의 온기가… 전에 없이 따뜻하게 느껴졌다.

第百七十六章

전신(戰神)

귀환병사

모두가 잠든 밤이지만 무린은 아직 잠에 못 들고 있었다. 이상하게 잠이 안 오고 있었다.

어차피 하루 정도 안 잔다고 해서 피로를 느낄 경지는 아닌 무린이다. 잠을 안 자도 상관은 없다만… 뭔가 이상한 기분이었다.

말로는 설명할 수 없는 기분.

무린은 이런 기분을 근데 겪어 봤다. 이럴 땐 꼭 뭔가 터졌다. 자신의 통제 영역을 벗어난 일이 말이다.

'문영이 있었다면…….'

그녀가 있었다면 좀 더 명확하게 알 수 있었을 것이다. 똑같이 상단전을 열었지만, 단문영과는 비교가 불가능했다. 아, 물론 단문영 쪽이 훨씬 뛰어났다. 그녀는 애초에 영(靈)적인 감각을 선천적으로 타고났으니까.

그것도 그냥 트인 게 아니라, 확실하게 개방되어 있었다. 죽음을 예견할 정도였으니 말 다했다.

그런 그녀가 있었다면 이 기분 나쁜 감각을 보다 명확하게 알 수 있었을 것이다.

"왜 안 자고 그러고 있소?"

묵직하게 다가오는 인기척이 하나.

존재감을 감출 생각이 없는 백면의 걸음이었다. 무린은 놀라지 않았다. 어차피 그가 막사를 나올 때부터 알아차리고 있었다. 아니, 누워 있던 몸을 세울 때부터 알고 있었다. 현재 무린은 감각을 날카롭게 퍼트려 놓고 있었다.

자신이 통제할 수 있는 공간의 영역을 넓힌 상태라는 소리다. 이유는 당연히 이 기분 나쁜 감각 때문이다.

정체를 모르니 이렇게 할 수밖에 없었다.

"그냥 잠이 안 오는군."

"그냥이라니, 후후. 그걸 설마 믿으라고 한 소리요?"

백면이 무린이 건너편에 앉으면서 무린의 말을 부정했다. 그에 무린도 피식 웃었다. 자신이 말해놓고도 참 어이 없는 말이었다.

탈각의 무인이 그냥 잠이 안 온다는 말은 정말 말도 안 되는 소리였다. 말했듯이 정신적으로도 엄청난 성장을 했으니까.

무린이 못 잔다는 건, 분명 어떠한 이유가 존재했다. 그의 잠을 방해하는 분명한 이유가 말이다.

"하아, 이상해. 기분 나쁜 느낌이 드는데… 그게 뭔지 모르겠어."

"기분 나쁜 느낌? 음……."

무린의 말에 백면의 가면 속 눈살이 가볍게 찌푸려졌다. 그는 무린의 말을 흘려듣지 않았다. 오히려 심각하게 받아들였다. 그가 아는 무린의 감은 매우 좋으니까 말이다.

"어떤 느낌이오?"

"일단… 끈적해. 온몸을 휘감는 감각. 마치 늪에 빠진 것 같아."

"살기에 가까운?"

"아니, 그건 아니야."

무린은 단호하게 고개를 저었다.

살기는 아니었다.

자신을 감아오는 이 감각에 적의는 아주 조금도 존재하지 않았다.

"파악은 안 되오?"

"그래, 그래서 무턱대고 움직이지도 못하겠어. 내가 파악하지 못한다는 건… 간단하게 말해서 나보다 윗줄의 무인일 가능성이 높아."

"허……."

무린보다 윗줄의 무인.

그건 곧 여기에 있는 그 누구도 막지 못한다는 뜻이었다. 무린 하나를 비천대 전체가 감당할 수 있을까?

말했듯이… 격이 다르다.

게다가 무린은 이미 남궁세가 자체를 홀로 박살 냈다. 비천대가 같이 가긴 했으나 실질적으로 힘을 쓴 건 무린 혼자였다.

그런 무린은 이제 비천대도 감당하기 힘들다. 조장들이 전부 절정을 넘었고, 대원들의 삼분지 일도 절정에 들어섰지만 무린을 감당하기에는 확실히 무리다.

그러니 무린이 움직이지 못하는 것이다.

무린이 움직였을 때 이 감각의 주인이 들이닥치면, 그자를 막을 무인이 현재 이곳에는 전무하기에.

솔직히 말해 무린의 말은 백면에게 굉장히 자존심 상하는 말이었다. 그러나 이건 너무나 냉담한, 그리고 솔직히 현실을 직시한 말이었다.

"이거 참… 갈수록 산중이라더니. 지금이 딱 그 짝 아니오. 넘어도 넘어도 산은 계속해서 나타나고, 적은 계속해서 강해지고. 후후."

백면의 말에 무린도 고개를 끄덕였다.

그 말이 아주 정답이다, 정말.

무린은 지금까지 많은 산을 넘었다. 정마대전이 발발한 후 수없이 많은 사선을 넘었다. 한 발만 잘못 디뎌도 천 길 낭떠러지로 떨어질 위험천만한 사선이었다. 그 사선들을 무린은 기어코 넘어섰다.

지독한 끈기, 포기하지 않는 투지로 말이다.

그러나 여전히 그 다음으로 나타나는 산은 더 높다. 기암절벽으로 가득한 정말… 최악의 악산(惡山)이다.

"운명이라는 놈이 만들어 놓은 길이지. 우리는 이 길을 벗어나지 못할 거야. 그러니 방법은 하나밖에 없지."

"정면 돌파."

"그래, 여태껏 우리가 해왔던 대로. 단 일인이 남더라도 우리는 그 길을 가야 해. 그게 우리의 운명이지."

"후후후."

무린의 말에 백면이 다시 웃었다.

실제 무린의 말이 웃겨 웃은 백면이었다.

그도 그런 게…….

"진 형의 입에서 운명을 인정하는 말이 나오다니… 이거 참 놀랍소. 웃기기도 하고. 북방의 대지에서는 오직 현실만 보던 진 형이었는데 말이오."

"하하, 인정하지. 그땐 그랬어. 분명… 하지만 이쯤 몰리니 안 믿을 수도 없어. 백면, 너도 그리 느끼고 있지 않나?"

"후후, 맞소. 나도 느끼고 있소."

백면의 목소리에는 조금 자조감이 섞여 있었다. 무린은 그걸 느꼈지만, 그 부분은 건드리지 않기로 했다.

요즘 정신적으로 많이 힘들어하는 백면이었기 때문이었다. 특히 무공 부분에서 말이다. 백면은 무에 대한 집념이 강했다. 아니, 집착이라고 해도 될 정도였다. 그의 삶의 가장 큰 목표는 무(武)다.

무린이 알기로는… 그도 해야 할 일이 있는 걸로 알았다. 다만, 시기가 아직 오지 않아 비천대와 함께하는 것뿐.

시기가 온다면 언제고 훌쩍 떠날 백면이었다. 그리고 그 일이 굉장히 힘든 것도 알고 있었다.

언제고 술을 한잔하며 털어놓았었다. 물론 그 얘기는 둘만이 아는 얘기였다.

"백면."

"왜 그러오?"

"조급하다."

"……."

무린의 말에 백면은 침묵했다. 눈동자가 서늘한 빛을 발했다. 그러나 그 빛은 금방 사라졌다. 욱했던 것이다.

"집념과 집착은 달라. 이 차이는 알고 있으리라 믿겠다."

"후후, 걱정 마시오. 그리 덜 떨어진 놈 아니니."

"너, 그리고 나는 흔들리면 안 된다. 우리가 흔들리면 비천대 전체가 흔들려. 그러니 마음 단단히 다잡… 음……!"

"……."

무린은 말을 하다 말고 멈췄다.

자신의 몸을 쓰다듬고 있던 감각이 변했다. 이제는 노골적이었다. 살의가 섞이지는 않았지만, 정말 극히 신경을 건드리는 이 감각이 마치 거미줄처럼 변했다.

그리고 당기고 있었다.

"진 형. 이건……."

"날……."

부르고 있어.

무린은 이제 명확하게 느꼈다.

이 감각을 퍼트려 무린을 자극하는 자는 무린을 부르고 있었다. 이는 상단을 열고, 기감이 극에 달해야만 느낄 수 있는 전언(傳言)이었다.

그래서 지금은 이 전언의 주인이 어디 있는지, 그 위치도 아주 확실하게 느껴졌다.

"갈 생각이오?"

오죽했으면 백면도 느낄 수 있는 정도였다. 상단을 아직 제대로 열지 못해 기감이 약한 백면이 말이다.

그만큼 노골적인 전언이었다.

"부르고 있군. 나를 부르는 전언이었던 거야. 바보같이 왜 몰랐을까? 백면, 갔다 와야겠어. 내가 없는 동안 부탁한다."

"위험하오. 이 정도면… 어쩌면 진 형이 감당할 수 있는 영역을 벗어난 무인일지도 모르오."

"그래도 가야 한다. 전언이다. 만나러 오라는. 만약 내가 가지 않는다면 무슨 일을 벌일지 장담할 수가 없다. 다른 녀석들까지 위험에 빠트릴 뿐이야. 아, 차라리 당장 움직일 준비를 해라. 준비가 끝나면 바로 내가 간 반대 방향으로 가. 기세는 퍼트리면서 갈 테니까."

"대주."

백면의 호칭이 변했다.

이제 사적인 대화가 아닌, 공적인 대화가 된 것이다. 친한 동료인 무린과 백면의 대화가 아닌, 비천대주와 부대주와의 대화였다.

"백면, 말 들어."

"알겠소."

뒤돌아선 백면이 입술에 손가락을 가져다 댔다.

삐익!

날카로운 소성(小聲)이 숙영지를 울렸다. 반응은 즉각 나타났다. 분명 잠이 들었던 비천대원들이 그 소리에 반응해 곧바로 튕기듯이 신형을 바로 세웠다. 그리고 내력을 돌려 잠을 순식간에 지워 버리고, 각자의 무기를 들고 튀어나왔다.

장팔이 가장 먼저 나와 무린과 백면에게 달려왔다.

"장팔, 이동이다. 바로 준비해."

"네!"

백면의 말에 장팔은 이유를 묻지 않았다. 둘의 분위기에서 이미 심상치 않은 일이 또 터졌다는 것을 파악한 것이다.

장팔은 비천대에게 곧바로 명령을 내렸다. 최대한 조용히, 그리고 빠르게 이동 준비를 하란 장팔의 말에 비천대도 이유를 묻지 않았다. 곧바로 막사를 해체하고 불을 끄면서 흔적을 지우기 시작했다.

급히 편성된 정찰조.

"동북 방향으로 가라."

"네!"

무린의 말에 정찰조가 조용히 대답하고는 어둠 속으로 사라졌다. 무린을 기다리고 있는 자는 북서쪽에 있었다. 반대쪽으로 보내고 난 무린은 모여 있는 조장들에게 다시 말했다.

"적이 기다리고 있다. 쉽지… 않을 거야. 애들 잘 통솔해서 빠져나가."

"북원… 입니까? 아니면 마도?"

"아니."

장팔의 질문에 무린은 고개를 저었다.

둘 다 아닐 것이다.

이 정도 능력을 가진 자라면…….

"마녀 쪽이다."

"……."

북원이나 마도 쪽에 저런 자가 있었다면 소요진에서 정도의 승리가 나왔을 리가 없었다. 최소 아직도 팽팽한 대전 아니면, 정도의 패배로 이어졌을 것이다. 그러니 이 정체불명의 무인은 결단코 북원이나 마도가의 인물이 아닐 것이다.

"나를 부르고 있어. 내가 움직이면 반대로 움직여. 뒤도 돌아보지 말고 태산까지 달려라."

"대주."

장팔이 걱정스러운 음색으로 무린을 불렀다. 그러나 무린은 단호했다. 이미 결정이 섰다. 그 누구도 데려가지 않기로.

"하라는 대로 해. 지금은 그게 정답이다. 그리고 어머니를 부탁하지."

"걱정 말게나."

가벼운 목소리.

긴장감이 그다지 느껴지지 않는 남궁유청의 대답에 무린은 고개를 끄덕였다. 역시 연륜이 있어 그런지 여유가 있었다.

좋다. 나쁘지 않다. 백면과 남궁유청이라면 충분히 비천대를 잘 이끌어 태산으로 데려갈 것이다.

무린은 다시 입을 열었다.

"나를 부르는 자에게서 적의는 느껴지지 않는다. 아마 대화를 위해 부르는 것 같다. 그러니 너무 걱정 마라. 얘기가 끝나면 바로 뒤쫓아 가겠다. 표식은 백식(白式)으로 하자."

"알겠네. 그럼 대주가 출발하고 나면 우리도 출발하기로 하지."

"……."

무린은 대답 대신 고개를 끄덕였다.

그리고 바로 어머니가 계신 마차로 갔다.

"어머니."

"그래, 잘 다녀오거라."

"예."

모자간의 대화는 정말 별게 없었다.

부르고, 잘 갔다 오라 하고, 알았다고 대답하고. 이게 전부였다. 하지만 그 안에는 걱정과 격려가 전부 들어 있었다.

다시 해후한 지 며칠 되지도 않아 이렇게 다시 떨어진다. 그 부분이 참 정말… 지랄 같았지만 무린은 마음을 다 잡았다.

흔들리지 않기로.

이제는 원하는 방향으로 상황을 끌고 갈 수 있는 능력이 생겼다. 자신을 부르는 자는 강하다. 하지만 말했듯이 전투는 없을 거라는 감이 왔다.

무린은 무장을 챙기고 말에 올라탔다. 무린이 올라타자 무린의 전마가 기분 좋은 푸득거림을 토해냈다.

히힝!

다시 달릴 수 있어 좋다는. 그런 울음이었다. 그런 전마의 갈기를 조용히 쓰다듬어 주고 다시 대기하고 있는 비천대를 바라봤다.

고개를 끄덕이는 걸로 인사와 부탁을 전부 대신하고 무

린은 바로 말의 옆구리를 박찼다. 한차례 투레질을 거칠게 한 무린의 전마가 어둠 속을 바람처럼 달려 나갔다. 그 뒤로 비천대가 움직였다.

비천대가 쉬던 숲은 어느새 고요함이 찾아 들었다. 그리고 그 자리로, 조용히 사람 그림자 하나가 찾아들었다.

*　　　　*　　　　*

한차례 빠르게 달리던 무린은 천천히 속도를 늦췄다. 확실히 가까워졌다. 전언은 여전히 느껴지고 있었다. 무린은 피워 올리던 기세를 꺼트렸다. 이제 군이 내력을 소모할 필요는 없을 것 같았기 때문이다.

물론, 언제든지 돌발 상황에 대응할 준비는 해놓고 있었다.

이제 저 멀리, 전언의 주인의 존재감이 명확하게 느껴지기 시작했다.

'음……'

그리고 무린은 그 존재감을 제대로 느낄수록, 속에서 신음이 절로 흘러나왔다. 이건 대체……!

대단하다.

정말 일단 처음에 든 감정은 바로 감탄이었다. 특징도 느껴졌다. 태산. 혹은 강철. 굳건하고 단단한 느낌.

그 어떤 무기로도 파쇄할 수 없는 견고함이 느껴졌다. 비천신기로 뚫을 수 있을까? 무린의 눈동자가 그 생각과 동시에 찌푸려졌다.

'비천신기로도 감당이 안 되다니……'

확신이 섰다.

못 뚫는다는 확신이.

동시에 무린은 이자가 절대 마녀가 아니라는 것도 알았다. 마녀와 조우했을 때 느꼈던 것과는 전혀 성질이 다르다.

마녀는 무저갱이다.

정말 끝이 보이지 않는 어둠이다.

그 안에 대체 뭐가 있는지, 그 어떤 불로도 밝혀 확인할 수 없을 것이다. 동시에 치명적이고 위협적이다.

무슨 생각을 하는지도, 사람이 맞는지도 의문스러운 존재가 마녀다. 하지만 지금 무린을 부르는 자는 좀 더 느낌이 명확했다.

좀 전에 무린이 느꼈던 것처럼 지독한 단단함, 견고함 등등. 그리고 애초에 성별조차 구분이 갔다.

'사내야.'

소요진에서 만났던 흑기사?

무린은 다시 고개를 저었다.

흑기사의 기세는 느껴봤다. 그리고 그 기세, 무력은 자신이 완전히 감당 못 할 영역에 있지 않았다.

최소 자신에다가 백면만 있어도 상대가 가능할 자였다. 그러나 지금 이자는… 백면은 물론 남궁유청에 비천대 조장들 전부가 있어도 감당할 수 있을지 가늠이 가질 않았다.

즉, 흑기사의 윗줄이라는 소리였다.

'대체 누구지? 이자까지 만약 마녀의 수하면… 아니, 동료라면 정말 곤란하다.'

푹, 푹.

전마의 발이 눈 속에 푹푹 빠지면서 나는 소리 빼고는 숲속은 정말 조용했다. 벌레 소리? 바람 소리? 아무것도 들려오지 않았다.

그저 정적이다.

계속 전마가 나아가고 있으니 거리는 점점 가까워졌다. 이제 조금만 더 나가면 숲을 벗어난다. 이미 저 멀리, 숲이 끝나는 지점이 무린의 시야에 잡혔다. 그리고 자신을 부른 자는 그 숲의 입구에서 조금 떨어진 곳에 있었다.

사삭.

피부와 심령을 자극하던 있던 감각이 사라졌다.

그자가 거둔 것이다.

이윽고 숲이 끝나고 저 멀리 사내가 보였다.

일단 무린이 느낀 첫 감정은, 거대하다. 바로 이런 느낌이었다.

어둠은 이미 무린에게 아무런 장애도 안겨주지 못한다. 그래서 무린은 확실하게 볼 수 있었다.

일단은 새하얀 백마.

무린이 태어나서 본 가장 대단한 명마는… 북방에서 광검과 조우했을 당시 그가 탔던 흑마였다.

흉터가 가득한 신체에, 맹수에게나 느낄 수 있는 흉성. 딱 봐도 장난 아니라는 감정을 선사했던 광검의 흑마.

그런데 저 사내가 타고 있는 백마도 그에 못지않았다. 다만 느낌은 완전히 상반됐다. 흉성 대신 고고한 기품이 느껴졌다.

마치 왕족의 기품을 보는 것 같았다. 아, 여왕. 말들의 여왕 같은 느낌이다.

그리고 그 위의 철탑처럼 우뚝 선 거대한 사내. 백마의 색과는 다르게 칠흑의 갑주를 입고 있었다.

그 갑옷형식은 무린도 한 번 본 적이 있는 형식이었다. 바로 흑기사의 갑옷. 그 갑옷의 형태와 똑같았다. 하지만 재질이 다른 것 같았다. 흑기사의 갑주는 번들거리는 광택이 있었지만, 저 사내의 갑주는 광택이 전혀 흐르지 않았다.

달빛을 받았음에도 그저 칙칙한 어둠만 보여주고 있었다.

투구는 벗어 옆구리에 끼고 있었고, 한 손은 끈을 잡고 있었다. 말의 양쪽에 매달린 거대한 검도 보였다.

그 전체를 눈에 담자마자.

무린은 짜릿짜릿한 감각을 느꼈다.

"아……."

저절로 탄성이 나올 정도로…….

사내의 위용은 대단했다.

무린은 천천히 사내에게 다가갔다.

흩날리는 금발.

색목인.

흑기사처럼 이 사내도 저 멀리 다른 나라에서 온 사내였다. 하지만 흑기사는 아니었다. 분위기도 다를뿐더러, 얼굴의 생김새도 달랐다. 단단함. 얼굴에도 단단함이 보였다. 눈동자는 지극히 맑았다.

푸른 눈동자가 무린을 직시하고 있었다. 그 또렷한 눈의 색은 마치 호수를 연상케 했다. 마녀와 또 다른 부분이다.

무린은 약 다섯 장 떨어진 거리에서 멈춰 섰다.

이 거리가 무린이 정한 선이었다. 사내가 공격을 해도 회피가 가능한 간격이다. 무린이 멈추자 사내가 입을 열었다.

"비천무제시오?"

울림이 크다.

그리고 정중함이 가득하다.

무린은 다시 한 번 놀랐다.

최초 무린을 자극했던 것과는 전혀 다른 성질의 목소리라 놀랐고, 말했듯이 정중함이 가득해서 놀랐다.

"그렇소. 귀하는?"

"전신이라 불렸소."

"전신……? 북원의 전신?"

"그리 불렸소."

"허……."

무린은 헛웃음을 흘렸다. 전신이라니… 전신의 별호는 무린이 북방에 있을 무렵에도 전설이었다.

그 누구도 만났다는 사람이 없었다. 왜냐고? 아무도 살아 돌아오지 못했기 때문이다. 그래서 형체가 있는지도 의문인 전설이었다. 게다가 그 전설은 그곳에서도 거의 백 년 이상 이어져 오고 있었다.

얼굴에서 나이를 유추해 보면 약관(弱冠)은 넘어 보였고, 이립(而立)은 안 되어 보였다.

그런데 이 사내가……? 아니, 사내라는 호칭보다도 청년이라는 호칭이 더 어울렸다. 그럼 이 청년이 전신?

말도 안 되는 소리다.

정말 말도 안 되는… 아.

말이 된다.

이미 무린은 충분히 비상식을 겪었으니까. 그 비상식에 비하면 이자의 말은 그다지 놀라운 말도 아니었다.

순식간에 '말도 안 돼' 하던 마음이 꺾여 버렸다. 다음 감정은 당연히 놀라움이었다. 그 놀라움의 첫 번째 이유는 북방의 전신이 색목인이라는 사실 때문이었다.

그는 북원의 수호신, 무신, 전신 등등 많은 별호로 불린다. 북방의 초원 내에서는 또 따로 불리는 이름이 있다고 들었다. 그런 그가 색목인. 즉, 이곳 명은 물론 초원에서도 외부인이라는 뜻이었다. 외부인인 그가 그런 존경을 받는다.

외부인에 대한 경계를 허물다 못해 모두에게 존경을 받는다는 사실은 놀라운 일이었다.

그건 눈앞에 이자가 절대 무(武)에만 미친 자가 아니라는 뜻이었다. 존경은, 인성이 좋지 않은 자에게는 절대로 따라붙을 수 없으니까 말이다.

두 번째 이유는 역시 나이 때문이었다.

아니, 그의 외형이라고 하는 게 더욱 옳은 이유일 것이다. 너무 젊어 보이는 게 문제였다. 탈각을 이룬 무린. 그런 무린의 외형도 본 나이에서 조금 젊어 보일 뿐이지, 십 년 이상 젊어 보이지는 않았다.

무려 무린이 말이다.

소설 속처럼 환골탈태, 그런 말도 안 되는 일은 없었다. 그러니 갑자기 젊어지지도 않았다. 그런데 이 사내… 전신 이라 스스로를 칭하는 저 청년은 너무나 젊었다.

마치… 마녀를 보는 것처럼 말이다. 그래서 무린은 확인 해 보기로 했다.

"묻고 싶은 게 있소."

"말해보시오."

목소리도 너무나 젊었다.

딱 청년의 목소리.

진중하고 잔잔한 느낌, 그리고 그 두 느낌을 아우르는 단 단함. 이 세 가지를 포함해 전체적으로 딱 그 나이 때의 목 소리.

"그대가 초대 전신이오?"

무린의 질문.

저 질문의 이유는 역시 딱 하나 때문이다.

무린은 혹시 전신이라는 별호가 세습(世襲)되는 건지를 물은 것이다. 세습이면 이자가 비상식적으로 강한 것뿐, 나이는 초월하지 않은 게 되니까 말이다.

"아니오. 내가 전신이오. 나 외에는 있을 수 없소."

"……."

그렇다면 언제부턴가 북원에서 내려오던 전신의 별호를 최초로 얻은 것도 그 자신이고, 그 자신 이후 그 별호를 얻은 자도 없다는 소리다.

그게 뜻하는 건 하나.

이자도… 세월을 넘었다.

어쩌면 아득하게.

마녀처럼 말이다.

'비상식이 하도 일어나니, 이제는 그냥 상식처럼 느껴지는군.'

피식.

어처구니가 없을 뿐이었다.

하지만 이 부분을 무린은 깊게 파고들지 않았다. 어차피 의미가 없었으니까. 대신 그 이후는 왜 이자가 나를? 하는 마음이었다. 굳이 이곳까지 찾아와 오직 자신만 불렀다. 그렇다면 분명 자신에게 용무가 있다는 뜻이었다.

그게 자신의 목숨이든, 아니면 대화이든 말이다.

"대화를 하러 왔소."

"……."

안도.

무린은 후우, 하고 속으로 숨을 길게 뱉었다. 하지만 다음 말에는 긴장할 수밖에 없었다.

"그 대화가 실망스럽다면… 손도 쓸 생각이오."

"……."

사아악.

바람을 타고 귓가로 파고들어 오는 그 말에는 요상한 힘이 있었다. 듣는 순간 전신의 세포가 팍! 하고 일어났다.

본능이 자신을 위협하는 요소를 찾은 것처럼, 무린이니 가능한 전투 준비가 즉각 이루어졌다. 본래 하고 있던 긴장이 두 배 이상 튀었다.

"용건이 뭐지?"

동시에 무린의 입에서 나오던 존대도 사라졌다. 자신에게 적대적인 이에게 존대를 써줄 무린이 아니었다.

그런 무린의 변화에 사내, 전신은 그저 무린을 바라볼 뿐이었다. 지극히 담담하고 평온한 얼굴이었다.

무린의 적의를 아무렇지 않게 받아넘겼다.

마치 무린이 이렇게 나올 것이라는 걸 예상이라도 한 것 같았다. 강자의 여유였다. 반대로 무린은 다시금 약자가 되었다.

그것도 웃겼다.

강호가 탄생하고부터 내려오는 말 중에, 기인이사는 장강(長江)의 모래알만큼이나 많다고 했다.

정말 딱 그 말 그대로였다.

탈각이라는, 보통 무인으로서는 감히 꿈도 못 꾸는 경지에 도달했다. 그랬더니 마치 '넌 아직 멀었다' 이렇게 말이라도 하는 것처럼 자신의 무(武)보다 높은 줄에 있는 무인들이 우수수 찾아왔다.

아직 멀었다는 건가?

상념을 다시 접었다.

"소전신 때문인가?"

"우챠이… 초원의 전사답게 갔지."

무린의 질문에 전신의 입에서도 반말도 대답이 나왔다. 그리고 그 대답은 소전신 우챠이 때문은 아니라는 뜻이었다.

소전신이라 불린 이유는 그가 전신의 아들이었기 때문이다. 그런 아들이 무린의 손에 죽었다. 하지만 그게 이유가 아니다. 이유가 아닌 정도가 아니라, 전신은 무린이 소전신을 죽인 것에 대해 아무런 감정도 품고 있지 않았다.

말이 이어졌다.

"초원의 율법이지. 한 사람의 전사를 만나 싸웠다. 그리고 패했다. 패배의 대가는 목숨으로 갚았고. 이는 전사로서 오히려 당연한 일이니 결코 원한을 가질 이유가 없다."

"그럼 나를 왜 불렀지?"

"확인해야 할 게 있어서다."

"확인?"

"그래, 하지만… 굳이 할 필요가 없군."

"……."

무린은 일순간 파악을 못 했다.

전신이 무슨 말을 하는지 이해도 안 갔다. 무슨 확인을? 하지만 잠시 뒤 바로 무린은 깨달았다. 전신 정도의 무인이 자신에게서 확인해 보고 싶은 건 정말 몇 개 안 된다. 그리고 그 몇 개 중 가장 비중이 큰 건…….

"비천신기?"

"비천신기? 그렇게 이름 붙였나?"

"내 내력을 말하는 거라면……."

"그럼 맞다. 비천신기. 원래는 삼륜공이라 불렸던 공부."

"……."

역시.

무린은 대답 대신, 조용히 비천신기를 돌려 육체를 예열시켰다. 상황에 따라서 손을 쓴다고 했다.

대비를 해도 막을 수 있을지 의문이 들었다. 아니, 막는 게 문제가 아니었다. 피한다는 보장 자체도 없었다.

"알고 있을 거라 생각한다. 그 내력. 당신이 비천신기라이름 붙인 공부는 누님이 당신에게 강제로 쥐어준 힘이다."

"누님?"

"당신들이 마녀라 부르는 여인. 나에게는 누님이 된다."

"그럼 광검과는?"

"하나 위의 형님이지. 형님과 같이 있던 미오. 아니, 이곳에서는 위운혜라 했던가? 그 아이는 내 동생이고."

"……."

괴물 집안인가?

첫째 마녀는 정말 전설적 존재에 필적하는 괴물이다. 삼천갑자. 혹은 그 이전, 신화의 인물들과 비교해도 결코 뒤처짐이 없었다.

이젠 굳이 더 설명할 것도 없는 존재.

존재 자체로 최강이다.

그럼 마녀와 남매라던 인물들은?

일단 광검, 그리고 광검보다도 강해보였던 위운혜라는여인. 광검은 최소한 자신과 동급의 무력을 갖췄다고 느껴졌다. 무린의 감각은 특별하다. 그런 감각으로 무린은 광검과 승부를 점쳐 봤다.

절대로 이간다는 판단은 내려지지 않았다.

그러나 반대로 광검에게 패할 것이란 판단도 내려지지

않았다. 즉, 용호상박. 두 사람은 정말로 동급(同級)이었다.

경험.

내력.

무력.

임기응변 등등.

두 사람 다 어느 하나 떨어지지 않았다.

그 동생 위운혜는 광검보다 위다.

제대로 파악하기 어려운 상대. 정말 제대로 검을 갈고 닦은 여검수였다. 그럼 셋째라는 눈앞의 사내, 전신은?

마녀만큼 압도적인 느낌은 없었다. 하지만 마녀에 필적하는 힘은 느껴졌다. 비슷하지만 조금 달랐다.

마녀는 무슨 짓을 해도 마주치는 순간 죽는다.

전신은 잘만 하면, 정말 잘만 하면 도망은 칠 수 있을 것 같았다.

하지만 그래봐야 거기서 거기다.

'완전히 괴물 집단이군……'

마녀부터 시작해 막내라던 위운혜까지.

탈각의 무인 둘에, 탈각 이상의 무인이 둘이다. 넷이 만약 문파를 만들면? 중원통일이 아니라 세계 멸망도 가능할 것이다. 아니, 마녀 혼자서도 그건 충분했다.

지금 눈앞의 사내, 전신만 나서도 남궁세가 정도는 가볍

게 지워 버릴 수 있을 테니까. 무린 역시 남궁세가를 단신
으로 감당해 냈지만, 그건 피를 안 보는 방법으로 싸웠기에
가능했다. 전대 검왕 역시 나서지 않았고.

하지만 전신, 저자는 그냥 피를 보든 말든 무조건 남궁가
의 궤멸이라는 결과밖에 안 떠올랐다.

그만큼 괴물이다.

무린이 중얼거린 괴물 집단은 정말 딱 맞는 소리였다.

"그 힘은 누님의 야욕에 필요한 힘이다. 그것도 매우. 그
래서 상황에 따라 당신을 만나 대화를 해본 후에 지키지 못
할 것 같다면 내가 거두려고 했다."

"······."

너무나 당연하다는 듯이 말하는데, 그게 하나도 이상하
지 않았다. 오만방자한 말인데도 전혀 그렇게 들리지 않았
다.

자신이 꺼낸 말을 충분히 지킬 힘이 있어 보였다.

"그 일은 분명 옳지 못하다는 걸 알고 있으면서도 그리하
려 했다. 비천신기가 누님의 손에 들어가면… 이 세상은 파
멸이니까."

"파멸?"

"그래, 비천무제여. 당신은 누님이 무슨 짓을 하려는지
알고 있나?"

"무인들을 지우려 한다는 것만 알고 있소."

"맞다. 하지만 그건 첫 번째 계획일 뿐이다."

"……"

강호 멸망의 계(計). 아니, 무(武)의 말살계다.

이것만 해도 반드시 막아야 할 일이다. 이 무의 기준이 어마어마하게 넓다 들었기 때문이다. 자기 단련을 위해 무관에서 목검 쓰는 법만 익힌 이들도 그 기준에 들어간다. 그렇다면 이 넓은 중원 대륙에 무(武)를 익힌 이들이 얼마나 될까?

조사조차 불가이다.

그 수를 셀 수도 없었다.

그런데 그게 일계?

웬만해서는 잘 놀라지 않는 무린이다. 그런 무린이 이번에는 정말 진심으로 놀랐다. 저절로 벌어지려는 턱을 의식적으로 멈추었을 만큼 말이다.

"그 무슨……"

"사실이야. 무의 말살은 단순히 누님의 최종 목표에 방해되는 모든 요소를 애초에 지워 버리기 위해 시행되는 계다."

"맙소사……"

이 정도면 경악할 수준이다.

그럼 이게 첫 번째면, 두 번째는?

무린이 묻기 전에 전신이 먼저 입을 열었다.

"두 번째는 문(文)의 말살이다."

"……."

"이 또한 첫 번째 이유와 같다. 최종 세 번째 계를 위해 먼저 거쳐 가는 단계지."

"……."

무린은 뭐라 말을 할 수가 없었다.

그래, 말뜻은 이해했다.

지식, 문자의 말살.

그게 마녀의 두 번째 계략.

이해는 했는데, 이유까지는 모르겠는 무린이었다.

'왜?'

당연히 의문이 뒤따라왔다.

도대체 마지막이 뭐기에? 이런 어마어마한 계를 두 번이나 시행하려 하는지 말이다.

"세 번째는… 전복이다."

"전복?"

"그렇다. 천지전복."

"……."

이게 무슨… 자다가 봉창 두드리는 소리란 말인가.

무린은 이해를 못했다.

아니, 이해할 수가 없었다.

천지전복(天地顚覆).

의미 그대로 해석하자면 하늘과 땅, 이 두 가지를 뒤집는 다는 뜻이다. 엎어버리겠다는 뜻이다.

그럼 다른 의미로도 해석할 수도 있다.

세계의 종말.

'아니, 잠깐만……'

그렇게 해서 얻는 이득이?

"이유가 뭐지?"

무린은 오히려 이제야 냉정해졌다. 너무 말도 안 되는 소리를 들었더니, 이게 내성이라도 생겼는지 갑자기 정신이 차갑게 식었다.

무린의 질문에 전신은 갑자기 고개를 들어 어두운 하늘에 대롱대롱 걸려 있는 달을 바라봤다.

쓸쓸한 모습이다. 무언가를 회상하는 사람이 보여주는 모습이다. 그리고 그 상태로 입을 열었다.

"누님은 처음으로 돌아가려 해."

행동에서 나오는 분위기.

그 분위기에 걸맞은 슬픈 목소리.

아련하고, 애틋했다.

"처음이라… 무슨 소린지 모르겠군."

"형님과 얘기는 했었나?"

"광검?"

"그래, 지금은 그리 불리더군."

"했다. 하지만 도저히 이해도 안 가고, 인정도 할 수 없는 말이라 도중에 듣다 말았지. 들어봐야 도움이 될 것 같지도 않았고."

"어디까지 들었지?"

"다른 차원, 다른 세계. 등등."

"그 말이 맞다. 누님의 목적은 그곳으로 돌아가는 거야. 그때의 시절로. 그러기 위해선… 누님이 죽어야 하지."

"……."

무린은 대답하지 못했다.

죽어야 한다고?

여기서 무린은 또다시 의문을 느꼈다. 무린이 유추하기로, 그리고 스승님께서 정말 우연찮게 찾은 고서에서는 마녀가 반도(蟠桃)를 먹었다고 나왔다. 왜? 죽고 싶었으면 먹으면 안 되는 게 맞다.

"반도를 먹지 않았나?"

"호오, 거기까지 파악했나?"

"정말 우연찮게."

"맞아, 먹었지. 누님이 아닌 내가."

"……."

무린은 다시 말문이 막혔다.

또다시 날아온 너무 예상외의 말이 강제로 무린의 말문을 막아버렸다.

"반도를 먹은 게 마녀가 아니라 당신이라고?"

"그래, 누님은… 사고로 불사의 존재가 되었다. 사고로 차원의 균열이 열렸고, 당시 그곳에 있던 이들이 전부 차원의 균열로 빨려들어 갔지. 누님은 그때 불사의 존재가 되었다. 그러니… 죽을 수가 없다."

"……."

또다시 못 알아먹을 이야기.

그러나 무린은 잠자코 듣기로 했다.

"시간축이 비틀려 누님과 내가 이곳으로 온 시기는 다르다. 누님이 먼저 왔고, 나는 좀 늦었지. 누님은… 이 땅에 아무것도 없을 때, 그리고 거대한 괴물들이 살아가던 때를 모두 거쳤다고 했다. 그 후 일어난 천지전복, 혹한의 시대를 모두 거쳤고, 인류가 불을 다루던 시기와 돌과 청동기를 다루는 시기도 모두 거쳤다고 했다."

"……."

허… 맙소사.

도무지 가늠조차… 가지 않는 세월이다.

동방삭의 전설만 해도 족히 천 년이 넘어간다. 상상조차 안 간다.

'저 말이 사실이라면…….'

진즉에 미쳤을 것이다.

그래, 그 긴 세월을 사면서 제정신을 유지하는 게 가능할 리가 없었다. 정말… 신이 아니라면 말이다.

"누님은 홀로 가늠조차 할 수 없는 세월을 보냈다, 그러다 내가 나타났지. 나는 누님과 다르게 멀쩡하게 떨어졌다. 그래서… 죽음을 받아들일 수 있는 상황이었다. 하지만 누님은 내가 죽는 걸 원치 않았다. 반도를 먹은 건 사실 내 의도가 아니었다. 누님의 욕심이었지."

"……."

아, 정신이 아득해졌다.

이건 정말 신비의 고사를 듣는 기분이다. 마치 어린 손자에게 부모나 할아버지, 할머니가 옛이야기를 해주는 것처럼 신비한 기분이었다. 어린아이만 느낄 수 있는 감정을 무린은 느낄 수 있었다.

이건 무린의 마음이 순수해서가 아니었다.

얘기의 궤가 너무나 상상을 달리했기 때문이었다. 그런데 보통 이런 얘기를 들으면 말도 안 돼. 하고 피식 비웃어야 정상이다.

하지만 무린은 그러질 못했다.

전신의 목소리, 어조.

결단코 거짓으로 보이지 않았다.

그렇다면 미친 광인의 헛소리?

저리 또렷한 눈동자를 가진 자가 미쳤다고? 정신이 나갔다고? 자신보다도 깨끗하고 투명한 눈동자인데?

"잠시만……."

대화의 속도를 무린의 이해력이 따라가질 못했다. 아니, 말은 이해하는데 이게 인정이 안 됐다. 도무지 믿을 수가 있는 얘기여야 믿겠는데, 이건 정말 상상을 너무나 넘어서 버렸다.

솔직히 마녀가 오래 살았을 거라는 건 이미 추리를 통해, 고서에 적힌 걸 통해 어느 정도 인정은 하고 있었다.

하지만 이건 그 이상이다.

"인정을 못 하는 것도 무리는 아니다. 나는 이 이야기를 반도를 먹은 후 딱 세 번 해봤다. 하지만 아무도 믿지 않았지."

"누구에게… 해봤지?"

무린은 정말 이건 아무런 생각 없이 물어봤다.

들려온 대답은 가관이었다.

"두 사람은 알려지지 않아 말해도 모를 것이다. 마지막으로 말했던 이는… 촉한의 승상, 충무후다."

"……."

하, 하하.

말문은 막혔지만 속에서는 정말 헛웃음이 나왔다. 마지막 사람은 너무나 유명한 이다. 모를 리가 없다.

"그는 천문은 물론 진법에도 능했기에 찾아가 물어보았었지. 하지만 그도 답은 주지 못했다. 게다가 그는 현실적인 이였기에 정말 믿는 기색도 아니었고."

"미치겠군……."

무린의 솔직한 심정이었다.

역사에는 하나도 기록되지 않았던 얘기가 막 튀어나온다. 게다가 무린이 아는 상식을 마구 비틀어 버린다.

그래, 어디 끝까지 가보자는 생각이 들었다.

"충무후에게 무엇을 물었지?"

"다른 세상으로 통할 수 있는 방법이었다."

"답은 들었나?"

"좀 전에 대답한 것처럼 듣지 못했다. 그는 자신이 확인한 것 아니면 예상론으로 말하는 이가 아니었다. 만약 그가 답을 내놓았다면 그가 직접 실현을 해야 대답을 줬을 것이다."

"불사, 차원, 천지전복……."

무린은 노력했다.

전신의 말에 따라가려고.

"다신 본론으로 가지. 누님은 죽으려 한다. 아니, 정확하게 얘기하면 영혼만 있는 상태로 돌아가고 싶다는 게 맞다. 누님은 신이 아니지만… 정말 신에 근접했지. 최후에는 모든 힘을 끌어 모아 차원 균열을 만들 생각인 것이다."

"……."

"그리고 그러기 위해서 당신의 비천신기가 필요한 거지……."

"왜 마녀가 스스로 만들지 못했지?"

"포화 상태다."

"포화 상태?"

"그래, 누님은 물론, 누님 주변에 있는 이들 전부가 포화 상태다. 재능 있는 이를 찾는 건 쉽지 않지. 찾아보면 어딘가에 있겠지, 라는 말은 사실 믿을 얘기가 못 된다. 비천무제 당신 같은 재능을 가진 이는 온 세상을 뒤져도 찾기 힘들어. 그러니 주목한 것이다. 당신에게. 당신이 이름 붙인 비천신기는… 오직 이 세상에 당신만 만들 수 있으니까."

"……."

"그렇게 모든 힘을 쥐어짜서라도 돌아갈 생각인 것이다.

내가 시간축이 다르게 왔다는 걸 알았으니, 누님은 그 사고가 일어나기 전으로 돌아갈 생각이야. 그렇게 가서 모든 걸 다시… 원상태로 돌리려고. 하지만 나는 그게 결코 옳다고 볼 수가 없었다."

"……."

"이곳도 현실이다. 거짓된 세계가 아니지. 누님의 욕심, 생각으로 대체 얼마나 많은 사람들이 희생되어야 하는지… 이건 결코 용서받지 못한다. 신이 계시다면 누님은 팔열팔한지옥(八熱八寒地獄)에 떨어져도 결코 이상하지 않아. 그래서 막는다."

"……."

"그런 맥락으로, 나는 그걸 막기 위해서 이곳에 왔다. 무제 당신이 그 힘을 지킬 능력이 없으면 아예 내가 거둬가기 위해서. 누님의 마지막 계는 그 어느 하나도 없으면 결코 실행이 불가능하니까."

"개소리……."

전신의 마지막 말에 무린이 닫고 있던 입을 열었다.

누구 마음대로?

무린의 정신력의 근간은 투쟁심이다. 그 투쟁심을 가장 많이 차지하고 있는 건 생존에 대한 강력한 집념이다.

"그래, 개소리지. 하지만 나는 그렇게라도 해야겠다고 지금도 생각하고 있다. 당신을 만나기 전까진 말이다. 그러나 지금은 그런 생각을 하고 있지 않다. 당신은 중요한 이다. 누님에게 대적하기 위해 반드시 있어야 할……."

"내 운명은 여태껏 내가 개척해 왔다. 운명이라는 놈에게 휘둘리긴 했지만 그래도 내 인생의 주체는 나야. 그 누구도 나를 이래라저래라 할 수 없다. 내가 마녀에게 대적하는 건 거창한 이유도 없어. 단지 나를 도와준 소향, 그 아이에게 받은 생명의 빚을 갚을 뿐이다."

"하하하."

무린의 말에 전신이 웃었다.

가벼운 웃음이었다.

무린의 말이 유쾌하게 들렸나 보다. 반대로 무린의 얼굴은 펴질 줄 몰랐다. 대화는 비상식의 극을 달렸고, 종내에는 전신의 말에 불쾌감까지 올라왔다.

그 불쾌감의 이유는 딱 하나였다.

'빌어먹을…….'

전신이 자신을 좋게 보지 않았다면?

칙칙한 색을 띄고 있는 저 대검을 뽑아 휘두르면? 막을 수 있을까? 도망갈 수 있을까?

확률로 계산을 해보니 답이 너무 쉽게 나왔다.

고민도 없었다.

'일 할 이내······.'

아니, 그 아래다.

아예 영 할에 가까웠다.

아무런 기세도 느껴지지 않는다. 어떤 힘을 쓸까? 무린은 웬만한 무인은 파악할 수 있다. 감도 좋고, 상단의 공능도 한몫 제대로 한다. 그런데 이자는?

마녀 정도는 아니다. 그런데도 아무것도 느껴지지 않는다.

"좋군. 하지만 지금 당신의 경지로는 어림도 없다. 누님의 일격도 막지 못할 거야. 그래도 정신 지배에는 대항할 정도가 되는군. 특히 당신과 이어져 있는 여인이 큰 도움이 되겠어."

"······."

무린의 말문이 다시 턱 막혔다.

혼심까지 파악했다.

그건 정말 전신의 경지가 아득히 높다는 뜻이었다. 자신과 완전히 다른··· 경지에 있는 그였다.

"누님은 당신을 죽이지 않을 것이다. 포화 상태이니 비천신기를 흡정공으로 빼앗지도 못해. 그러니 정신을 조종해서 돕게 할 생각일 것이다. 정신력을 꾸준히 단련해라. 당신이 넘어가면··· 정말 이 세상은 뒤집히니까."

"당신은… 마녀를 상대하지 못하나?"

"나? 하하."

무린의 질문에 전신이 웃었다.

비웃음은 아니고 자조에 가까운 웃음이었다.

"어림도 없다. 당신과 나, 차이가 있다면 당신은 일격. 나는… 열 번 정도는 막겠지."

"……"

피식.

대답 대신 무린은 웃었다.

전신.

무린의 감각으로도 그 경지를 파악할 수 없는 무인이 마녀에게 십초지적도 되질 못한다고 시인했다.

도대체 어느 정도인거냐.

아, 불사의 존재.

인간이… 아니다.

됐다.

'그냥 지금처럼.'

그저 노력하면서, 투쟁하는 게 정답이라는 결론을 무린은 내렸다. 무린은 전신에게 물어볼 게 꽤 있었다.

왜 동생들이 있는데도 천지를 전복시키려 하는 건지.

천지전복은 어떤 방식으로 하려는 건지.

혹 마녀의 세가 어느 정도인지는 알고 있는지.

그러나 무린은 묻지 않기로 했다.

그걸 알게 되면… 어째 자신의 다잡은 마음이 흔들릴 것 같았기 때문이다.

사실 지금의 대화도 이해만 했지, 이걸 전부 제대로 받아들인 건 아니었다. 그만큼 무린의 이해 영역을 벗어난 얘기들이었다.

그렇기 때문에 거부감이 아주 강렬하게 들었다. 차라리 안 듣는 게 나을 거라는 예감도 거부감만큼이나 아주 강렬했다.

그래서 무린은 묻지 않기로 마음을 정했다.

"할 말은 끝인가?"

"그래. 이 대화가 당신에게 유익했으면 좋겠군."

"그다지… 이런 대화가 정신에 유익할 리가 없지. 오히려 머리만 아프군."

"너무나 비현실적이라 그렇지. 하지만 내가 한 말은… 모두 진실이다."

"……"

무린은 다시금 전신의 눈동자를 바라봤다.

또렷하다.

맑다.

솔직히 믿기 싫지만, 저 눈을 보면 안 믿기도 뭐했다.

아까도 말한 것처럼 무린은 전신의 정신 상태가 자신보다도 맑다는 걸 느낄 수 있었으니까. 정신이상 증세가 있었으면 조금이라도 티가 났어야 했다. 그리고 무린이 반드시 알아차렸을 것이다.

"마지막으로 한마디 더 하지. 좀 더 성장해야 한다."

"……"

자존심을 자극하는 한마디.

무린은 인상을 찌푸리지 않았다. 대신 돌아가는 전신의 시선을 따라 같이 시선을 돌렸다. 어둠 속을 응시하며 전신이 입을 열었다.

"나와라."

"……"

무린은 그 말에 기감을 극으로 끌어올렸다. 전신이 장난치자고 나오라는 말을 꺼내지는 않았을 것이다. 그러니 저 말은 지금 이 근처에 누군가 있다는 소리였다. 자신 모르게 말이다.

전신은 잡아챘는데 무린은 느끼지 못했다. 이것 또한 수준 차이다.

은신술의 극.

사아악.

바람만 불 뿐, 나타나는 자는 없었다.

그에 전신의 입이 다시 열렸다.

"마지막이다. 나와라."

스윽.

어느새 전신의 손에 대검이 잡혀 있었다. 그리고 검을 하늘 높이 세웠다. 그 순간 전신의 기도가 변했다.

으득!

무린은 절로 이를 악물었다.

순식간에 피어난 기세가 엄청난 압박감을 무린에게 선사했기 때문이다. 온몸이 깨져 버릴 것 같았다.

천 근 거석에 육체가 짓눌려 터져 버릴 것 같았다. 히히힝! 무린이 타고 있던 전마가 날뛰려 했다. 무린은 급히 비천신기를 돌렸다.

가아앙!

격렬하게 회전하는 비천신기의 내력이 전신에게서 퍼져 나오는 기세를 막아갔다.

파박! 파바박!

대지를 덮고 있던 눈이 녹아버리고, 그 안에 있던 돌맹이들이 경계에서 깨져 나갔다. 무린과 전신의 기세가 부딪치면서 생긴 결과였다.

슥.

"죄송합니다."

어둠 속에서 스르르 생겨난 그림자. 시꺼먼 흑의로 전신을 도배했고, 유리알처럼 검게 빛나는 칙칙한 눈동자만 보였다.

"네가 누님의 밑에 좀 있었다고 뵈는 게 없구나. 감히 내 대화를 엿듣다니."

"죄송합니다."

"죽고 싶은가?"

"죄송합니다."

기계처럼 사죄의 말만 계속하는 흑의인. 초면이 아니었다. 이자, 예전 소요진에서 위석호와 위운혜 남매와 전투를 벌이던 이였다.

광검과 백면이 상대했던 흑기사(黑騎士).

저 흑의인은 위운혜와 자신이 상대했던 흑영(黑影)이었다. 몇 번의 암습으로 무린의 목숨을 노렸던 이다.

정말 위험천만했고, 피한 것도 거의 운에 가까웠던 암습들을 가볍게 펼쳐 내는 자. 정말 위협적인 건 자신이 기척조차 느끼지 못했다는 사실이다. 그 경지가 무려 탈각에 닿은 살수.

전신의 앞에 부복한 그는 감히 고개조차 들지 못했다. 마치 공포에 바짝 물든 모습이었다.

'하…….'

저 정도 되는 자가 전신의 말에 바짝 얼어 있었다. 무조건 죄송하다고 용서를 빌고 있었다. 무린은 이를 악물었다.

웬만해서는 정말 자조하지 않는 무린이지만… 이번만큼은 참 쉽지 않았다.

"왜 찾았지?"

"주(主)께서 전언을……."

"말하라."

"더 이상의 간섭은 용납지 않겠다고… 하셨습니다."

"불가."

"부주(副主)!"

흑영이 전신을 부르는 호칭이 나왔다. 아니, 마녀 세력에서 전신의 위치를 이르는 호칭이다.

주(主)가 누구인지는 안 봐도 뻔했다.

마녀.

그리고 부주가 바로 전신이다.

동생이라 했으니 그럴 만했다. 그가 돕지 않아도 마녀가 그렇게 만들었을 것이다.

전신의 입이 다시 열렸다.

"찾지 말라. 이후 나를 쫓았다가는 그 몸을 보전키 어려울 것이다."

"부주, 주의 전언을 듣지 않으실 생각이십니까?"

"나는 부주가 아니다. 애초에 그곳에 몸담은 적도 없으니."

"부주!"

"그만. 그 입 닫아라. 지금도 많이 참고 있으니."

"……."

무겁게 나오는 그 한마디에 흑영의 입이 쏙 닫혔다. 거역하기 힘든 기백, 위엄이 가득 서려 있었다.

과연… 북방의 전신.

위에 군림했던 자.

이곳의 호칭으로는 황제의 위(位)에 있던 자의 위엄이었다. 명마라 불러도 손색이 없을, 아니 부족한 백마의 위에서 오연히 앉아 있는 전신.

그가 다시 입을 열었다.

북쪽의 하늘을 바라보면서.

"누님에게 전하라. 만약 일계(一計)가 시작되는 날에는… 나의 검이 누님을 향할 것이라고."

나직하게 나온 말에는 정말 말로 설명하기 힘든 힘이 담겨 있었다. 압도적인 기백, 그리고 전장의 향기가 가득 묻어나왔다.

수라장을 헤치고 나온 자의 말이다.

"……."

흑영은 더 이상 말을 꺼내지 못했다.

저 말에 대꾸를 했다가는 그 결과가 어찌 나올지 예감한 것이다.

"가라. 이 사람과의 대화를 방해하지 마라. 내게 기척을 들키지 않을 자신이 있다면 들어도 좋다."

"……."

스윽.

전신의 말에 흑영의 시선이 무린을 향했다.

유리알 같은 눈동자와 무린의 서늘한 눈동자가 만났다. 흑영의 눈동자엔 너무나 확실한 살기가 담겨 있었다.

사르르 풀려 나와 언제고 무린의 심장을 뚫고 목을 칠 것 같았다. 그러나 그건 무린도 마찬가지였다.

웅웅, 정점에서 회전하는 비천신기의 내력도 언제고 흑영의 목을 쳐 버릴 준비가 되어 있었다. 무린은 탈각의 무(武)에 훨씬 익숙해진 상태였다. 지금이라면 흑영의 살수를 피할 '자신'이 있었다.

이건 무린이 스스로 판단 내렸다. 물론, 아슬아슬하게 피할 수 있을 것이다. 기척을 느끼지 못했지만 근접전이 벌어지면 또 다르다. 무린의 감은 근접전에서 더욱 빛을 발하니까.

스윽.

흑영의 신형이 펴지고, 말 위에 있던 전신에게 한차례 고개를 숙이더니 그대로 어둠 속으로 사라졌다.

'아주 조금.'

잡혔다.

하지만 잡히던 흑영의 기척은 곧바로 사라졌다. 벌써 무린의 감각을 벗어날 수 있는 영역까지 빠져나간 것이다.

정말 눈꺼풀 두세 번 깜빡할 사이에 말이다. 전신의 시선이 다시 무린을 향했다. 무린도 내력을 풀고 전신을 마주봤다.

"흑영이라는 자다. 현재 누님의 심복을 자처하고 있지."

"만난 적이 있다."

"그런가? 그렇다면 얘기가 좀 빨라지겠군. 저 녀석이 서열 육 위다."

"육 위?"

"그래, 대외적인 활동을 하는 이는 흑영 저놈과 흑기사 둘뿐이다. 흑기사는… 조만간 내가 처리할 생각이고. 내 망령에 불과하니까."

"……."

"이제 얼마 남지 않았다. 누님이 수백 년간 준비했던 괴물들이 풀려나올 것이고, 그럼으로써 상상을 초월하는 전쟁이 벌어질 것이다. 막지 못하면 멸망으로 가는 전쟁이 말이다."

"그런 것 따위 모른다. 그저 살기 위해 싸울 뿐."

"하하, 그것도 좋겠지. 단, 명심해라. 절대 정신은 빼앗겨서는 안 된다는 것을."

"……."

"알아서 잘하겠지만, 그저 조심해 주길 바랄 뿐이다. 그럼 오늘 만남은 여기까지 하지. 다음 만남은… 없겠군. 이 만남을 끝으로 비천무제, 당신과 나의 연은 닿아 있지 않으니."

"……."

하늘을 보며 말하는 전신의 말에 무린은 다시 눈살을 찌푸렸다. 그걸 어떻게 알지? 어떻게 확신하지?

슥.

전신의 백마가 가볍게 신형을 돌리더니 천천히 저 멀리, 어둠 속으로 사라져 갔다.

기척?

애초에 느끼지 못할 경지에 있는 전신이다.

느끼려고 하는 게 무의미한 짓이었다. 그래서 무린은 아예 신경을 껐다.

대신 그가 했던 말에 빠져 있었다.

마지막 말. 연이 닿아 있지 않다던 말.

무린은 본능적으로 전신이 말했던 촉한의 승상, 충무후와 만났다던 얘기를 떠올렸다. 천문 지식. 충무후가 능하다고 알려진 기예 중 하나였다.

'아…….'

읽은 것이다.

그도 한명운 선생처럼 천기를 짚는 경지에 있었다.

'둘 중 하나는… 죽는다는 소리군.'

그게 아니라면 만나지 못할 이유가 없었다.

피식.

무린은 또다시 웃을 수밖에 없었다. 그럴 이유가 명확히 있었다. 아, 역시 쉽지 않았다. 이놈의 운명은.

'전신은 그 자신이 반도를 먹었다고 했지… 하하, 그럼…….'

차마 뒷생각은 이어나갈 수 없었다.

왜?

불쾌하고 불길해서였다. 무린도 하늘을 올려다봤다. 검은 하늘. 시린 달빛이 먹구름을 뚫고 겨우 희미한 빛만 밝히고 있었다.

별? 보이지 않았다. 정말 달빛 빼고는 조금의 빛도 보이질 않았다.

그런 구름을 뚫고 별을 짚어낸 것이다.

"하지만 상관없지."

내 인생에 고난이 없던 적이 어디 있었다고.

북방으로 끌려갔던 열다섯 나이부터 지금까지. 고난은 정말 말도 못하게 많이 겪었다. 그래도 그 전부를 넘고 이 자리에 있다.

"이번에도 넘으면 돼. 신경 쓸 일 아니다."

그렇게 내뱉는 동시에 무린은 전신과의 대화를 지워 버리기로 했다. 굳이 이 얘기, 자신과 크게 상관이 있는 얘기는 아니었다. 그는 많은 것을 알려주었지만 굳이 그걸 깊게 생각할 필요가 없다 느끼는 무린이었다.

마녀의 사정.

광검과 그 동생, 그리고 전신의 사정.

무린은 자신이 신경 쓸 일이 아니라고 생각했다. 그건 그 남매들의 일이고, 자신이 신경 쓸 일은 가족, 그리고 비천대에 대한 안위다. 생존이다. 그것만 신경 쓰면 된다고 무린은 생각했다.

따라서 좀 전 대화는 그저 이야기책 하나를 들은 걸로. 그렇게 받아들이기로 결정했다. 그리고 지금 이 결정의 순간.

'음?'

사악.

무린의 몸이 본능적으로 뒤틀렸다.

그리고 뒤틀리며 생긴 공간으로 날카로운 파공성을 내며 한줄기 검은빛이 지나쳐 갔다.

푹.

이윽고 그 검은빛은 눈 덮인 대지에 박혀 사라졌다.

"……."

기잉, 기이잉!

비천신기가 다시 깨어났다.

신형을 다시 천천히 돌려보니, 검은 그림자가 보였다.

흑영(黑影).

사라진 줄 알았던 그 자였다.

무린을 향해 천천히 걸어오는데 족적도 남지 않았고, 소리도 들리지 않았다. 오 장 거리까지 들어선 그가 입을 열었다.

"계(計)는 이미 시작되었다."

"……."

스윽.

그리 말하며 두 팔을 늘어트리니 손가락 사이로 검은빛이 일렁거렸다. 딱 봐도 암기였다.

"따라서."

"……."

무린도 전마에서 뛰어내렸다. 말 위에서는 신형을 마음대로 움직이기 힘들었다. 차라리 내려서 상대하는 게 나았다.

"주(主)의 명령을 받들어 비천무제, 같이 가줘야겠어."

"…….".

삭.

흑영이, 검은 그림자가 사라졌다.

동시에 무린의 신형이 폭발적으로 움직이기 시작했다.

예고된 시간을 채우지 않고, 약속된 기간을 기다리지 않고, 새해로 넘어가는 오늘 자정을 기점으로 무린 최후의 전쟁이 시작됐다.

第百七十七章　월하격전 (月下激戰

귀환병사

'그래, 이래야 운명답지…….'

무린은 몸을 정신없이 놀리는 와중에 생각했다. 언제는
자신이 준비할 때 터졌었나?

항상 예기치 않게 찾아왔다.

전혀 준비도 못하고 있을 때 불쑥 찾아와, 목숨을 간당간
당하게 만들었다. 그게 하늘이 무린에게 부여한 운명의 속
성이었다.

이번에도 마찬가지였다.

일계가 시작되었다는 뜬금없는 말을 흑영이 했다. 일계,

그게 무엇인지는 이미 전신과의 대화로 파악했다.

무(武)의 말살계.

어렵게 생각할 것 없었다.

조금이라도 남을 헤칠 수 있는 힘을 지닌 자는 모조리 죽이겠다는, 그야말로 극악무도한 계략이다.

'아직 시기가 남았지만······.'

푹!

뒤트는 상체 사이로 검은빛이 지나갔다.

탁, 타닷!

한 발자국 뒤, 두 번째 디디는 발이 축이 되며 빙글 회전했다.

쩡!

그 순간 흑영이 무린을 스쳐 갔다. 동시에 일수를 교환했다. 공기가 빵 하고 터지면서 풍압이 일어났다.

퐛!

한줄기 바람이 무린의 볼을 스쳐지나 갔다. 피부가 갈라지면서 핏방울이 혹 튀었다. 튄 핏방울의 동선이 무린의 시선에 정확히 잡혔다.

생각은 그 순간에도 이어지고 있었다.

'언제 시작해도 이상하지 않았어······.'

그렇기 때문에 당황은 없었다.

무린의 눈동자도 새파랗게 빛나기 시작했다. 비천신기가 극한으로 돌고 있지만 그 특징적인 우윳빛 광체는 나타나지 않았다.

야밤인지라 그 광체는 훌륭한 표적이 될 것이니, 무린이 제어를 한 것이다.

무린의 가슴으로 어느새 파고든 흑영이 손을 놀렸다.

우수의 손끝에서 휙 하고 빛줄기가 솟구치고, 좌수가 무린의 옆구리, 겨드랑이, 어깨를 노리고 삼 연격을 펼쳐 왔다.

쩡!

암기는 창으로, 연격은 그냥 뒤로 물러나는 걸로 피했다. 하지만 회피는 회피일 뿐이다. 극히 실력 차이가 나지 않는다면 공격으로의 전환은 무리다.

사악.

역시나 흑영의 신형이 어둠 속을 꾸물거리는 뱀처럼 무린에게 쇄도했다.

팅.

무린의 초감각에도 겨우 들리는 작은 소리. 정말 겨우 잡은 소리였다.

무린은 급히 고개를 뒤로 재꼈다.

쉭. 젖혀지는 고개, 그리고 누워 하늘을 보는 시선이 순간 검게 물들었다가 다시 정상으로 돌아왔다.

흑영의 암기가 사선으로 솟구친 것이다. 피하지 않았다면 목젖이나 턱에 꽂혀 버렸을 것이다.

동시에 코끝을 파고드는 비린내. 피비린내였다. 이미 몇 번이나 사람에게 사용됐던 무기였다. 아무리 깨끗이 소독했다 하더라도 완전히 제거하진 못한 것 같았다.

허리가 돌아오고 무린의 신형이 다시금 뒤로 튕기듯이 날아갔다. 여전히 회피였다. 어쩔 수 없는 선택이기도 했다.

흑영은 결코 잡은 승기를 놓치려 하지 않았다. 그리고 그걸 유지할 실력이 충분하다 못해 넘쳤다.

무린은 반대로 무력 측면으로 따지면 상대적 약자, 게다가 선공도 빼앗기면서 승기마저 잃었다. 필요한 건 간격이었다.

반격할 수 있는 준비를 할 간격.

무린 정도의 고수면 반격의 속도는 상상을 초월한다. 정말 일반인이 눈 한 번 깜빡할 사이 반격할 것이다. 하지만 흑영은 그 눈 한 번 깜빡할 시간조차 주지 않았다. 언제나 한발 먼저 선공을 취해왔다.

그저 그런 공격이라면 피하고 보겠지만, 흑영의 공격은 그것도 불가능했다.

굉장히 위험했고 빨랐다.

팡! 파방!

가슴 바로 앞, 그리고 얼굴 앞에서 터지는 장력. 맞았다면 숨통이 끊어지진 않았어도 최소 중상일 일격들이다.

퍽!

얼굴 앞에서 터진 일격의 풍압에 코피가 터졌다.

비산하는 핏방울 사이로 다시금 검은빛이 솟구쳤다. 꾸물거리는 뱀이다. 길이는 성인 검지나 중지 길이.

물론 착각일 것이다.

그냥 쇳덩이겠지만, 흑영은 그 쇳덩이에 기묘한 환각을 심어 공격을 구사하기 시작했다.

쉭, 쉬익!

동시에 환청까지.

이건 굉장히 자극적이었다.

그래서 무린의 심기를 아주 제대로 건드리고 있었다.

파밧!

두 개. 아니, 두 마리를 겨우 피했다. 하지만 꿈틀거리면서 무린의 어깨와 옆구리를 제대로 긁고 지나갔다. 충분한 공간을 주고 피했는데도 급격한 회전과 함께 치고 간 것이다.

선혈이 또다시 튀었다.

'한 치만 깊었어도⋯⋯.'

동맥이 잘릴 뻔했다.

진짜 치명상을 입을 뻔한 것이다.

슈아악!

흑영의 공격은 끝나지 않았다. 다시금 그의 손에서 흑사가 튀어나왔다.

꿈틀, 꿈틀꿈틀.

이번에는 좀 전처럼 빠른 공격이 아니었다. 느릿하게, 여유 있게 기어 왔다.

무린은 이를 악물었다.

오히려 빠른 공격보다 더욱 무서웠다.

타닷!

지면을 박차고 무풍형으로 신형을 급히 뒤로 뽑았다. 물론 바로 뒤로는 아니고, 사선으로 빠졌다. 하지만 흑사는 여전히 무린의 얼굴에서 그리 떨어지지 않은 거리에 있었다. 신기에 다다른 암기술이었다.

암마군?

정말 흑영 이자에 비해서는 조족지혈일 것이라 생각됐다.

퉁, 투웅!

어느새 물러나던 무린의 신형이 자그마한 언덕을 넘어

숲의 입구에 도착했다. 곧바로 숲의 어둠으로 무린은 신형을 숨겼다.

츠츠츠.

그러나 여전했다.

흑사는 비슷한 간격을 주고 무린을 따라오고 있었다. 흑영은 틈을 노리는지, 바로 그 뒤에 있었다.

무린은 정말 집중했다.

'흑사의 움직임이 변하는 순간… 흑영의 움직임이 사라지는 순간…….'

정말 제대로 위험하다는 걸.

될 수 있으면 그렇게 되기 전에 몸을 빼고 싶었다.

타다다닷! 팍!

계속해서 물러나던 무린의 신형이 위로 솟구쳤다. 나무 위로 올라간 것이다. 몸이 고속으로 움직이고 있음에도 무린은 결코 흑사, 흑영에게서 시선을 떼지 않았다.

흑사는 나무를 타고 올라오고 있었다.

거리는 당연히… 여전했다.

여전히 일정한 거리를 유지하고 있었다.

'어.'

흑영이 사라졌다.

좌우로 사삭 하고 상체를 버들나무처럼 흔드는 것 같았

는데, 그 움직임이 몇 번 이어지자 보이질 않았다.

등골을 타고 소름이 짜르르 내려왔다.

무린 정도의 무인이 작정하고 주시하는 시야에서 사라졌다는 건, 확실히 특수한 방법이 있다거나, 무력이 더 높은 곳에 위치한다는 확실한 증거다.

빡!

두 다리에 힘을 주고, 몸을 비틀었다. 빙그르르, 파삭! 무린이 있던 자리에 흑영이 나타났다.

천근추의 수법인지 나무가 그대로 부러졌다. 푹! 떨어지다가 수도를 나무에 박아 넣고, 중심을 다시 잡은 다음 무린처럼 나무를 박찼다.

츠츠츠, 츠악!

그때, 흑사가 아가리를 벌렸다.

빛살처럼 쏘아지더니, 어느새 무린의 얼굴 바로 앞에 있었다.

무린은 이를 악물었다. 공중이다 보니 피하기가 쉽지 않았다. 회전하던 몸통의 중심은 잡았지만, 그렇다고 마음대로 손발을 놀릴 수 있는 상태는 아니었다.

츠아악!

실제 독사처럼 아가리를 쫙악 벌리자 날카로운 독니가 보였다. 무린은 급히 일륜을 끌어올렸다.

기잉! 쩡! 쩡!

비천신기를 바탕으로 한 일류이 흑사를 막아냈다. 무린의 일류과 부딪치면서 힘을 잃었는지 환청, 환각은 사라지고 평범한 송곳 같은 암기로 변해 숲으로 떨어졌다.

좌아악!

하지만 공격은 여전히 끝이 아니었다.

이번엔 흑영이 무린의 전면으로 쇄도해 오고 있었다.

"흡!"

무린은 이미 끝낸 자세 그대로 창을 그었다. 비천흑룡이 어둠을 갈랐다. 동시에 우윳빛 광체가 번쩍였다.

그 광체는 흑영의 전면에서 번쩍였다.

맞으면 즉사다.

서걱!

그러나 그리 쉽게 맞을 리가 없었다. 흑영의 수도가 무린의 창기를 그대로 갈라 버렸다. 하지만 무린도 알고 있었다.

저 일격에 흑영이 당할 리가 없다는 걸. 공격을 한 즉시 무린은 몸의 체중을 무겁게 했다.

뒤로 날아가다 말고 우뚝 멈추더니 그대로 숲 아래로 떨어져 내렸다.

슈악!

그리고 바닥에 발이 닿는 즉시 다시 박찼다. 숲 밖으로였다. 흑영에게 밀려 숲으로 들어섰지만 이는 굉장히 위험한 일이었다.

살수에게 숲보다 더 좋은 전장이 어디 있겠는가? 반대로 무린은 간격이 충분하면 충분할수록 좋다.

무린은 기본적으로 박투술은 물론 근접 전투에 충분히 능하다. 하지만 자신보다도 강한 자와 싸우는데 전장까지 적에게 유리하게 만들어주고 싶은 생각은 죽어도 없었다.

숲 밖으로 무린의 신형이 폭사됐다.

정말 있는 힘껏! 각성 이후 정말 최고로 빠르게 신형을 움직였다.

사사사삭!

정말 미약한 소리가 들렸다. 안 보아도 안다. 등 뒤로 어느새 흑영이 따라붙고 있었다. 지면을 박차는 소리가 아닌, 수풀이 움직이는 소리밖에 들리지 않았지만 분명 흑영의 신형이 움직이는 소리일 것이다.

초상비.

풀 위를 달리는 절정의 경신법이다.

특히나 지금처럼 거의 소리가 안 들리는 경지는 무린도 아직 불가능했다.

저 멀리 길의 끝에 환한 달빛이 보였다. 이렇게 달렸는데도 이제 보이는 걸 보니, 아주 잠깐이지만 깊숙이도 들어섰던 것이다.

흠칫!

'큭……!'

무린은 숨을 들이켰다.

등 뒤에서 느껴지는 지독히 불길한 예감. 본능적으로 고개가 돌아갔다. 어느새 십 보 거리에 흑영이 있었다.

역시, 신법에서는 흑영이 한참이나 우위를 차지하고 있었다. 그 거리는 금방금방 가까워졌다.

무린이 두 걸음을 달리면 흑영은 두 걸음 반을 달리고 있었다.

'늦어!'

지금처럼 가다간 숲을 나가기도 전에 흑영에게 뒤를 잡힐 것 같았다. 그렇게 판단이 섬과 동시에 무린의 신형이 벼락처럼 회전했다.

그에 잠시 늦춰지는 신형. 그 결과 흑영이 공격 가능한 거리까지 도달해 있었다.

촤악!

흑영의 우수가 비틀리며 파고들어 왔다. 피하기는 늦었다. 그의 공격 속도는 무린을 상회하니까.

슥.

무린은 양손을 교차했다.

그리고 비천신기를 극으로 발동시켰다.

'늦어⋯⋯!'

그러나 내력의 응축 속도가 흑영의 일장이 도달하는 속
도보다 늦을 거란 생각이 들었다. 그리고 그 생각은 맞았
다.

쩡⋯⋯!

"컥⋯⋯."

전신에 둔중한 충격이 왔다.

이후 육신을 저미는 미세한 초진동이 휩쓸고 지나갔다.

비천신기가 없었다면, 삼륜을 모조리 돌려 막지 않았으
면 부딪치는 순간 의식이 날아갈 뻔했다.

무린의 신형이 붕 떠서, 포탄처럼 뒤로 날아갔다.

텅! 주르륵!

한차례 바닥에 등부터 떨어진 후, 그대로 뒤로 주르륵 미
끄러졌다.

푹!

무린은 창을 급히 바닥에 꽂았다. 자신의 몸이 공격에 적
중당해 날아가는 와중에도 무린은 흑영에게서 시선을 떼지
않았다.

저런 자를 시선에서 놓치는 건 정말 위험천만한 일이기 때문이다. 흑영이 허공에 있었다. 어느새, 가속도를 얻어 도약했다.

의도는 명확했다.

찍어버리겠다는 뜻.

흑영의 전투기예도 굉장히 공격적이고 단순했다. 최초 일격이 실패했을 시 그 다음 일격을 먹일 준비는 당연하지만 언제나 되어 있었다.

'하지만……'

이 정도는 무린도 가능하다.

무린의 신형의 뱅글 돌아 일어나고, 곧바로 다시 뒤로 튕겨졌다. 그리고 바로 흑영의 신형이 떨어졌다.

쾅……!

체중을 이용한 아주 간단한 양발 찍기.

지극히 간단했지만 저걸 만약 누워서 받았으면? 상상도 하기 싫은 결과가 기다리고 있었을 것이다.

중상이 아니라 어쩌면 저승길을 건너야 했을 정도… 아무리 비천신기로 막았어도 만약 특수한 내가중수법을 흑영이 알고 있었다면 그야말로 즉사다.

무린은 뒤로 물러났다. 좀 더, 가능한 멀리.

앞서 말했듯 확보해야 할 건 거리다.

자신이 반격할 수 있는 거리.

그리고 무린은 몸에 몇 개의 생채기가 생기고, 속이 울렁거리는 충격까지 받은 다음에야 그 거리를 확보할 수 있었다.

물론 그렇다고 긴장은 풀지 않았다. 긴장이 풀리면 어렵게 잡은 간격을 다시금 내줄 수도 있다는 기본적인 상식 때문이었다.

그래서 오히려 더 긴장을 끌어올렸다.

몸이 굳지 않고, 반대로 최상의 몸 상태를 딱 유지할 수 있을 만큼만.

바닥에 깊숙이 박혀 있던 발을 뺀 흑영이 천천히 무린을 향해 신형을 돌렸다. 흑영의 모든 행동에는 살수답지 않은 여유가 있었다.

"익숙해졌나 보군."

"……."

무린은 이해했다. 뭐에 익숙해졌다는 말인지.

바로 탈각의 무예다.

무린은 전투를 하면할수록 매끄럽지 못했던, 부자연스러웠던, 생각과 육체가 따로 놀던 괴리감에서 점차 벗어나고 있었다.

남궁세가에서는 워낙에 차이가 났기 때문에 쉽게 몸을

쓸 수 있었지만, 지금처럼 동수, 혹은 강자와 싸울 때 육신이 제멋대로 움직인다는 것은 정말 치명적이다. 적의 예측 공격에 당할 수도 있고, 혹은 피하려는 순간 육체에 제동이 걸릴 수도 있다.

"하지만… 아직 완전하진 않아. 아깝군."

"아깝다고……?"

무린은 대화를 시도했다.

본래 전투 중 대화를 많이 하지 않는 무린이다. 그럼에도 묻는 건 얻어야 하는 정보가 있기 때문이었다.

"완전해지지 못할 테니까."

"웃기는군. 나를 사로잡아 갈 수 있다고 생각하나?"

"못 할 것 같나?"

무린의 말에 곧바로 대답이 들려왔다.

자신이 가득한 목소리였다. 자만이 아니라 자신이 말이다. 두 단어가 가지는 뜻은 완전히 다르다.

과함이 불러오는 독.

흑영의 말은 자만이 아니었다.

자신이다, 자신.

무린이 무슨 짓을 하더라도 자신이 생포해 갈 수 있다는 뜻이었다. 오만한 말임은 분명하지만, 흑영 정도면 충분히 자신감 있어 할 만했다.

그는 분명히 강했으니까.

"왜 벌써 시작했지? 마녀가 말한 일계의 시작 기한은 남았을 텐데?"

"준비가 끝났기 때문이다."

"준비?"

"그래. 후후후."

어쩐 일로 선선히 대답을 해줬다.

무린이 보기에 흑영은 바보가 아니다. 멍청해서 진실을 마구 발설하는 입 싼 자도 아니다. 그런 자가 저 정도의 무력을 보유할 수 있을 리가 없었다.

그런데도 말해주는 것은 당연히 이유가 있다고 봐야 했다.

그럼 그 이유가 뭘까?

무린은 하나밖에 없다고 생각했다.

'말해줘도 상관없다는 것.'

해줘도 막지 못할 것이라는 자신감의 표출이다. 그렇다면 여기에서 한 가지를 더 알 수 있었다.

그만큼 준비가 철두철미하게, 정말 완벽하게 끝났다는 것.

"약속이었다. 한명운 선생의 목숨으로 맺은 약속. 마녀는 그걸 잊은 건가?"

피식.

대답 대신 비웃음이 돌아왔다.

"대답해라, 마녀는 약속도 지키지 못하는 소인배였나?"

"하하하!"

흑영의 특색 없는, 정말로 별다른 특색이 없는 웃음소리가 달빛 아래 흘렀다. 그건 유쾌해서 나온 웃음이었다.

그는 마녀를 주(主)라 불렀다. 주인 할 때의 주다. 그런 흑영에게 마녀에 대한 비판을 했는데도 유쾌한 웃음이라니.

"알고 싶은 게 왜 약속 기한을 지키지 않았나, 이것 하난가?"

"무엇을 질문해도 말해줄 생각이라면 더 물어볼 용의는 당연히 있다."

무린은 뻔뻔하게 나갔다.

"곤란하지. 별로 시각을 끌고 싶지도 않고. 나도 바쁜 몸이라서 말이야. 주께서 지금 움직이는 이유를 말해주지. 이유는 너희들 때문이다. 정확히 설명하면 그 맹랑한 꼬마 계집 때문이겠군. 선을 넘었으니 말이야."

"……."

선이라…….

맹랑한 꼬마 계집이라…….

누구인지 굳이 길게 생각할 필요도 없었다. 소향, 바로 그 아이다.

소향이 한 행동이 마녀가 정한 선을 넘었다는 말일 것이다.

'좋지 않군⋯⋯.'

물론 앉아서 가만히 당할 수는 없는 상황이다. 그래서 소향은 계속해서 엄청 노력했다. 마녀의 시선을 피해 나중을 위한 준비를 계속해 왔다.

자신도 그중 하나고, 무린이 알기로 광검도 한명운 선생이 점찍은 이다.

무혜도 그렇고, 어쩌면 단문영도 있지 않을까?

그렇게 계속해서 인재를 모아왔다. 그러던 와중에 마녀의 심기를 건드리다 못해, 마녀가 설정한 선을 넘어버렸다는 소리.

'준비는 이미 전에 끝났던 거야. 다만 한명운 선생과 정한 기한이 오지 않았으니 그저 기다렸을 뿐이고. 아, 혹시⋯⋯.'

내가 준비의 마지막이었나?

하는 생각이 스쳐 갔다.

타당성이 있다 못해 그럴듯했다. 충분히 가능성이 넘쳐나는 생각이었다.

'내가 비천신기를 얻은 순간 준비가 끝났던 거야… 확실해.'

하필이면… 자신이 마지막이라니.

뭐 이런 얄궂은 운명이 다 있나 싶었다.

그렇다면 소요진에서부터 저자, 흑영은 계속해서 자신 주변에 있었다는 소리가 됐다. 언제고 마녀의 명령을 받들어… 자신을 생포해 가기 위한.

'미치도록 다행이군…….'

소향이 마녀가 떠난 후에 선을 넘었다는 사실이 말이다. 만약 그 이전이었다면 마녀는 그냥 자신을 끌고 갔을 것이다. 남궁무원이 같이 있었지만 얼마나 버텨낼 수 있었을까? 일초는 막을 수 있을까?

뭘 생각해도 힘들다라는 답밖에 떠오르지 않았다. 그러니 정말 소향이 선을 넘은 그 시기는 천운이었다.

'어머님이랑 많은 대화를 나누지 못한 게 아쉽지만… 이것도 운명. 소향을 원망하는 것은 멍청한 짓이다. 결국 이렇게 흘러가게 되어 있던 거야.'

무린은 이 모든 것을 부정하지 않았다.

오히려 인정했다.

소향을 원망하지 않았다.

그녀는 자신의 목숨을 수없이 구해준 은인이니까. 물론

이유가 있는 구원이었지만, 그 이유가 나쁜 것도 아니다. 천지전복을 계획한 마녀에게 대항하기 위한, 살기 위한 소향 나름의 행동이었다. 그 때문에 자신이 지금 이렇게 대지에 발을 디디고 서 있는 것이다.

그러니 소향에게 원망의 감정 따윈 정말 한 톨도 없었다.

다만, 아쉬운 건 있었다.

바로 어머니와 많은 대화를 나누지 못했다는 것이다. 흘러가는 상황을 보아하니 이대로 바로 태산으로 귀환하기에는 글러먹었다는 생각이 들었다.

결코 쉽지 않을 일전이 될 것이고, 승부의 방향은 점칠 수가 없었다.

'그것마저 통하지 않는다면… 결국 남는 것은 도주다.'

물론 무린에게도 숨겨둔 수는 있었다.

일전에 흑영과의 교전에서 얻은 것, 탈각 이후 찾아온 신비한 능력이다.

'그나마 다행이군. 이자 혼자라서. 흑기사까지 있었다면 정말 힘들었을 거야.'

그냥 힘들기만 했을까?

상대는커녕 도망도 못 갔을 것이다.

완전히 십 할의 확률로 말이다.

"마지막으로 하나만 더 묻지. 비천신기가 필요한 이유는?"

"뚫어야 할 게 있기 때문이지. 관통의 특성을 가진 너의 내력밖에 뚫을 수 없는……."

"그렇군. 직접 만들면 되지 않았나?"

"후후, 부주에게 들었을 텐데? 운명은 너를 선택했다."

"운명이라… 내가 여기서 끝이 아니라는 운명도 나는 알고 있다."

"그래, 좋아. 포기하지 않는 너의 근성을 높이 사주지."

근성이라고?

아니다.

근성 정도가 아니다.

무린의 정신력을 밑에서부터 받치고 있는 근간은 투쟁이다.

단순 근성이라고 치부할 수 있는 게 절대 아니었다. 무린은 포기하지 않는다. 어떤 상황에서도 포기하지 않고 싸우고 또 싸운다. 달리고 또 달린다.

그렇게 해서 끝까지 생존을 쟁취해 냈다.

그게 무린이 지금까지 살아온 투쟁의 삶이다. 지금 이렇게 강적을 만났다고 포기? 그럴 것 같았으면 이미 예전에 우챠이에게 그 이전에 길림에서, 또 그 이전 흑산에서 초원 여우 악마기병에게 둘러 싸였을 때 이미 죽었을 것이다.

그런 지독한 투쟁이 무린의 정신력의 바탕을 이루고 있

었다.

지금도 마찬가지였다. '후우, 이제 마지막인가' 하는 생각보다는 '반드시 돌아간다' 이 생각이 온통 정신을 지배하고 있었다.

그렇기 때문에.

무린의 기도는 다시금 변했다.

화르르!

비천무제의 현신이 또다시 이루어졌다.

줄줄이 퍼져 나오는 무시무시한 기세.

마치 이곳은 내 땅이다. 선포하는 것처럼 영역을 확장해가며 그 존재감을 월하(月下)에 알렸다.

두둥실.

당연히 흑영의 존재감도 변했다.

새까만, 정말 지독히도 어두운 존재감이다. 설명이 애매하지만 그 말이 딱 맞았다. 왜냐고? 어둠과 동화되고 있었으니까. 비인의 특급살객? 격이 다르다, 격이. 동시에 흑영의 주변으로 흑사가 삐져나왔다. 소매와 허리춤에서부터 기어 나온 흑사들이 꼬물거리며 공중을 유명했다.

분명 특수한 기예일 것이다.

츠츠츠.

환청과 환각이 무린의 시각 정보와 청각 정보 사이로 파고들어 왔다.

기이잉!

그에 위협을 느낀 비천신기가 더욱 더 맹렬히 회전했다. 정리되지 않은 무린의 머리카락이 떠오르기 시작했다. 기세가 유형화되어 공기를 건드리고 있었다.

그아아앙!

굉음까지 내기 시작한 비천신기.

그만큼 지금 흑영이 조종하는 흑사가 정말 위험하다고 판단한 것이다. 파앗! 그리고 절정의 그 순간에 세계(世界)가 변했다. 세상(世上)이 틀어졌다.

월하에서, 무린은 초감각의 눈을 떴다.

第百七十八章

초감각(超感覺)

세상이 틀어졌다. 변한 것이다.

사물의 인지가 변해 버렸다.

'아…….'

이것, 그때 느꼈던 것. 될 줄은 알고 있었다. 이미 그 이후 시험도 해봤다. 경험이 있는 것이다.

그러나 들어설 때마다 느끼지만… 신비로웠다. 초감각의 세계. 무린은 이걸 초현실이라 이름 붙였다.

초감각으로만 볼 수 있는 현실. 그래서 초현실.

유치한 발상의 작명이지만 이만큼 어울리는 이름도 없었

다. 의미 그대로의 이름이니까.

무린은 뭔가 방법이 있을 거라 생각했다. 흑영이 흑사를 움직이는 방법이 말이다.

'역시……'

역시나 있다.

아주 가는, 정말 너무나 가늘어 육안으로는 파악도 힘든 투명한 실이 흑사의 끝에 매달려 있었다. 그 실의 주변이 아주 희미하게 흐릿해 보였다.

'진동. 환청은 저곳에서 시작되는 거야……'

하지만 대체…….

무린은 정말 쉽지 않다는 생각을 동시에 했다. 초감각으로 봐야지만 저 진동이 보인다. 그럼 대체 얼마나 고속으로 진동하고 있는 건지, 초감각을 끄면 파악도 못 한다는 소리다.

특수한 무예임이 분명하다.

'환각은… 안 보이는군.'

환청의 발생지는 파악했다.

하지만 저 송곳니처럼 보이는 비수가 정말 작은 뱀처럼 보이는 이유는 파악이 되질 않았다. 초감각으로도 안 보이는 것이다.

'파악이 된 환청, 진동은 초감각의 아래, 환각은 최소 초

감각과 동급……'

혹은 그 위.

징……!

골이 욱신거렸다.

초감각은 엄청나다. 그러나 그만큼 위험부담도 있었다. 몸에 무리가 많이 갔다. 아니, 몸이 아닌 머리에 무리가 많이 갔다. 상단을 극으로 열어 놓은 상황인데도 지끈거리는 두통이 찾아왔다.

뇌가 한계에 몰렸다는 신호였다.

탈각 후 얻은 이 초감각, 무린에게 분명히 도움이 되긴 하지만 잘못 쓰면 완전히 독이다. 정신력이 못 버티는 순간 아마 의식을 잃을 것이다. 전투 중에 의식을 잃다니, 그건 죽여 달라는 소리나 똑같다.

팟.

짤막한 소음과 함께 초감각이 꺼졌다. 동시에 무린의 세상을 장악하던 초현실의 세계도 사라졌다.

가아아앙.

극한으로 돌던 비천신기가 천천히 속도를 늦추고 무린의 전신에 다시금 활력을 불어넣었다. 이류의 신기가 정신을 청소하고, 무린을 압박하고 있던 초감각의 잔재를 강제로 수거해 버렸다.

"파악은 했나?"

"……."

역시, 무린이 잠시 변했던 것을 알아차리고 있었나 보다. 무린은 대답하지 않았다. 이젠 긴장을 올리고, 전투에 집중해야 하는 상황이다.

쉭.

그걸 전투 신호로 받아들인 흑영이 먼저 움직였다. 우측 어깨에 있던 흑사가 움직였다. 왼쪽 무릎에 있던 흑사도 같이 움직였다.

둘이 곡선을 그리며 무린의 어깨와 무릎을 노리고 들어왔다.

꿀렁꿀렁.

마치 넘실거리는 파도를 타고 다가오는 것 같았다.

츠츠츠츠.

헛바닥 날름거리는 소리는 여전했다.

무린은 느꼈다.

이 조금은 평범해 보이는 공격이, 위협적이다 못해 치명적인 공격이라는 사실을.

'막는다.'

그래서 무린은 피하지 않기로 결정했다.

회피는 처음처럼 선공을 뺏김과 동시에 승기를 잃어버리

게 만들 뿐이다. 그렇게 되면 이번에는 좀 더 작정하고 공격하는 흑영의 흑사를 피하기란 쉽지 않을 것이다.

무린은 집중했다.

시야는 물론, 정신도 극도로 집중했다.

어떤 식으로 공격해 올지 모른다. 다만, 뱀처럼 움직이니……

촤악!

어깨를 노리고 오던 흑사를 쳐내는 무린. 쩡 소리는 울리지 않았다. 흑사가 무린의 철창을 피해 봉을 타고 기어 올라왔다. 역시, 움직임이 뱀을 닮았다. 아니, 반대다. 뱀이니 뱀처럼 움직이는 것이다.

툭.

무린은 창을 털었다. 반동을 강하게 줘 튕겨내니 철창이 격렬한 진동을 만들어냈다. 흑사가 툭 튕겨 나갔다. 무린은 창을 당겨 회수하면서 빈 허공을 쭉 그었다. '띠릭' 하고 창날에 뭔가가 걸렸다.

투명한 실이다. 흑사를 조종하는.

실이 걸리자마자 무린은 앞으로 신형을 폭발적으로 움직였다. 동시에 날을 그어 올리니 '팅' 하고 맑은 소음이 들렸다.

탁.

흑사가 비수로 돌아갔다. 그리고 수풀에 떨어지며 소리를 냈다. 흑사 하나를 죽인 것이다. 무린은 안심하지 않았다.

즉각 신형을 돌려세웠다.

흑영의 공격은 두 개였다.

흑사 한 마리가 더 남아 있는 상태니 아직 안심은 금물이었다. 바닥을 긁어가면서 창날을 끌어올렸다.

"큭……."

속도가 변했다.

흑사가 갑자기 솟구치더니 비천흑룡의 창대를 뱅글뱅글 마구 타고 올라왔다. 속도는 마땅한 단어를 찾자면… 섬전, 섬전에 가까웠다.

무린은 몸을 뒤로 뺐다.

동시에 좌장에 비천신기를 응집해 목덜미를 물어뜯어 오는 흑사를 쳐냈다.

쩡!

속도에 중점을 둬 다행히 가격할 수 있었었다. 그러나 흑사는, 아니, 흑영은 역시 만만치 않았다. 튕겨 나가는 순간에 어떻게 했는지, 흑사가 다시 힘을 받아 곧바로 선회해 들어왔다.

칭칭 감겨오는 흑사.

흑사가 감는 곳은 무린의 목이었다.

"흐읍, 흡……."

무린은 즉각 숨을 짧게 들이마시고, 멈췄다. 또한 반사적으로 좌장을 밖으로 보이게 해서 목 부분에 가져다 댔다. 그 순간 흑사에 달려 있던 실을 흑영이 당기면서 무린의 목을 그대로 조였다.

촤악.

츠츠츠츠!

동시에 다섯 마리의 흑사가 다시 무린에게 날아들었다. 각각 양 손목, 허리, 그리고 발목을 감아갔다.

착! 하고 순식간에 무린은 흑사에 걸린 투명한 실에 묶여 버리고 말았다.

"잡았다. 너무 쉬운데?"

"……."

흑영의 말에 무린은 대답하지 않았다.

눈동자는 여전히 빛을 발하고 있었다. 동시에 신체를 최대한 통제하에 놓으려고 자세를 잡아갔다.

"움직이지 마."

쉭!

흑사 하나가 순식간에 날아와 무린의 면전에 턱 하니 대기하기 시작했다. 움직이면 뚫어버리겠다는 심산이다.

무린은 움직임을 멈췄다.

그러나 여전히 눈빛은 살아 있었다.

"오늘 만나 다행이군. 한 달만 늦게 만났어도 고생할 뻔했어."

흑영이 천천히 걸어오더니, 약 오 장 거리에서 다시 멈춰섰다.

그도 간격을 내주지 않으려는 속셈이었다. 살수가 거리를 좁히려고 하고, 반대로 창수가 거리를 늘리려고 하는 서로 뒤바뀐 상황이 나왔다.

"줄의 거리가 정해져 있나 보군."

"그래, 아무리 나라도 이걸 길게는 유지하지 못하니까. 후후, 하지만 상관없겠지. 어차피 이제 끝났으니."

"너무 판단이 빨라. 살수답지 않게 말이야."

"뭐?"

그 순간, 숲 속에서부터 하늘거리는 나비 한 마리가 날아왔다. 붉은 색체가 강렬한 나비의 움직임은 기묘했으며, 달빛을 받아 신비로웠다. 그리고 그 뒤로 붉은 나비가 떼를 지어 날아오기 시작했다.

한겨울에 나비라니… 몽환, 그 자체였다.

힐끔, 시선을 돌려 나비를 포착한 무린의 눈동자가 다시금 우윳빛 광망(光芒)을 토해내며 그의 세계가 변하기 시작했다.

＊　　　＊　　　＊

초감각으로 보는 초현실의 세계는 여전히 신비로웠다. 때마침 흩날리기 시작하는 눈송이들은 신비롭다 못해 몽환적인 감각을 무린에게 선사했다. 세상이 움직이는 속도가 느려진 기분이다.

최소 반 배 이상으로.

하지만 세상의 속도만 느려진 것은 아니었다. 감각 자체가 비현실적으로 확장되기도 했다.

자박거리는 소리가 들려왔다.

한 사람이 아니었다.

하나, 둘, 셋.

여인 둘, 사내 하나.

그리고 숲 속에 여인이 한 명 더.

'단문영……'

무린은 숲 속의 여인이 누군지 금방 알아차렸다. 알아차릴 수밖에 없는 게, 너무나 익숙한 향이 느껴졌기 때문이다. 그 향은 육체에서 나는 향이 아니었다. 영혼에서부터 피어나는 향이었다.

그 익숙한 향을 무린은 초현실의 세계에 들어서면서 바로 맡을 수 있었다.

'문영.'

무린은 조용히 그녀를 불렀다.

반응이 왔다.

괜찮나요?

연결된 혼심을 통해 그녀의 걱정 가득한 마음과 함께 들려온 대답. 무린은 그녀가 어떻게 이곳에 왔는지 알 수 있었다.

본 것이다. 예언에 가까운 신기를 보이는 상단의 공능으로.

그녀는 즉각 되돌아왔다.

아무것도 생각하지 않고, 밤에 도망치듯이 그곳을 떠나 무린을 향해 달려왔다. 정신을 차렸을 때는 이미 남궁세가 근처였지만, 상황은 모조리 종료된 직후.

"검문의 소검후와 당가의 비접이 이곳에는 웬일이지?"

흑영의 목소리가 들려왔다.

여전히 흑사는 무린의 정면에서 꿈틀거리고 있었다. 비

접 당청이 시야에 들어왔다. 그리고 흑영의 뒤로 녹의를 입은 사내가 자리 잡았다.

당정호였다.

그리고 다시 흑영의 좌측으로 이옥상이 섰다. 삼면 포위. 이옥상은 탈각의 검수고, 당청이라 불린 여인과 녹의사내는 이옥상보다는 못하지만 최소 백면 정도의 고수였다. 이 정도면 흑영도 무시 못 할 전력이었다.

게다가 비접이란 별호. 무린도 접해봤다.

하늘거리는 나비는 예쁘고 아름답지만, 그 아름다움만큼이나 치명적이다. 그런 비접 스무 마리가 흑영의 주변을 에워 쌓다.

"웬일은. 무제를 구하러 왔지."

비접, 당청의 입에서 나온 목소리.

피식 하고 웃더니, 후후후! 하고 흑영의 웃음소리가 월하에 울렸다. 명백한 비웃음이었다.

한참을 웃은 흑영이 다시 가볍게 입을 열었다.

"가능하리라 보나? 이미 무제는 내가 구속했건만."

여유가 가득한 목소리였다.

꾸며낸 여유가 아니라, 자신의 무력을 온전히 믿음으로써 나오는 진실된 여유였다.

당청의 대꾸가 이어졌다.

"무제의 목숨을 취하진 못할 텐데? 그의 힘이 필요하다는 사실은 애석하게도 이미 알고 있다. 그럼 당신이 무제를 생포해 갈 확률이 높을까, 아니면 그 이전에 우리가 당신을 죽이는 게 빠를까?"

"호오, 어떻게 알았지?"

"그걸 말해줄 정도로 어리석지는 않은걸."

"비접의 말대로 무제는 반드시 생포해 가야 하는 존재지. 하지만 지금 당장 기절만 시키고 당신들을 다 죽이는 것도 어렵지는 않아. 왜, 못 할 것 같나?"

"못 할 것 같은데? 당신 너무 우리를 얕잡아 보네? 나는 확신이 서지 않으면 움직이지 않는 부류야. 그런 내가 나섰어. 왜일까?"

당청의 목소리는 상당히 저음이었다.

마치 상대를 깔보는 목소리.

그러나 흑영은 여전히 여유로웠다. 그 정도로는 까딱도 하지 않을 정신력을 가지고 있는 건 당연했다.

그런 흑영에게 당청이 다시 말했다.

"당신에게 한 가지 문제를 내지. 아니지, 문제는 아니구나. 본가의 움직임은 알고 있을 테니까. 뭐, 그래도 일단 내 볼게. 자, 나는 어딜 가는 중이었을까? 왜 여기에 있을까? 무슨 연유로?"

“…….”

“몰라? 알 텐데?”

“혼자가 아니라는 건가?”

“정답이긴 하네. 맞아. 혼자가 아니야. 당가의 정예가 현재 주변을 포위하고 있어. 아, 거리를 상당히 뒀으니까 파악 안 되는 건 어쩔 수 없어. 하지만 지금이라도 신호만 주면 이곳으로 전부 모이는데 반각도 안 걸려. 자, 그럼 다시. 나와 내 수하들이 당신을 신경 쓰게 하는 사이에… 저 소검후가 당신을 공격하면, 막을 수 있겠어?”

“…….”

흑영의 얼굴에서 웃음기가 사라졌다.

당가의 저력 중 하나는 원거리 전투에 굉장히 능하다는 점이다. 굳이 근접으로 붙지 않고 독, 그리고 암기로 상대를 정말 피똥 싸게 만들 수 있었다. 게다가 암기이니 수십 명이 한 번에 한 표적을 향해 쏠 수도 있었다.

일반 근접 포위전 같이 아군의 방해 걱정 없이 말이다.

“검문은 검문이더라고. 나보다 나이도 어린데… 상대할 엄두가 안 나네? 나야 뭐, 당신 정도면 가지고 놀겠지만 저 여인은 힘들걸? 비천무제 정도는 아니지만 그래도 그에게 근접한 검수니까 말이야. 아, 그리고 그때 무제가 풀려나면? 무제를 묶어두는 데 쓸 정신까지는 아마 없을 텐데? 그럼 그때 당신은 죽어.”

씨익.

당청의 입가에 싸늘한 미소가 감돌았다.

그리고 살며시 다시 열리는 입술.

반드시.

확실한 선고다.

매우 일리 있는 말이었기 때문에…….

“…….”

흑영의 눈동자가 차가워졌다.

여유라는 감정을 지우고 살기를 담았다.

지금까지와는 전혀 다른 흑영의 목소리가 들려왔다.

“그럼 내가 다른 건 도외시하고 당신부터 죽이는 건 어때?”

살기가 뚝뚝 흘러나오는 목소리.

흑영이 정말 작정하고 움직이면 어쩌면 당청 정도는 절명시킬 수 있을 것이다. 그게 가능한 무인이다. 흑영은.

“그렇겐 못 할걸?”

하지만 그에 반박하는 이가 있었다.

무린이었다.

여전히 초현실의 세계에 있는 무린.

흑영의 시선이 무린에게 향했다.

"당신이 비접에게 움직이는 순간, 나는 이걸 끊어내고 당신을 죽일 거니까."

"그건 힘들 텐데? 현재 너의 경지로는 말이야."

"아니, 가능해. 당신도 파악했을 텐데? 내가 지금 어떤 상태인지……."

"……."

무린의 입가에, 눈빛에, 흑영만큼이나 싸늘한 빛이 들어서기 시작했다. 무린은 현재… 마음을 정말 지독하게 먹은 상태였다.

흑영을 죽일 생각으로 가슴, 뇌가 쿵쿵 뛰고 있는 상태였다.

상황은 무린에게 좋지 않았다. 하지만 사지 하나는 포기하고 흑영을 죽이려 한다면 불가능은 아니었다.

무린은 적을 죽여도 되지만, 적은 무린을 죽일 수 없다. 이렇게 제대로 제압까지 한 상태인데도 말이다.

게다가 흑영은 강하지만 혼자고, 무린은 여럿이서 같이 있다. 이 정도면 무린이 훨씬 유리하다고 해도 과언이 아니다. 훨씬, 정말 훨씬이다.

그런데도 무린은 마음을 놓지 않았다.

흑영이 무슨 짓을 할지 몰랐기 때문이다. 만약 자신을 기절시키기라도 한다면? 그럼 그 순간 상황은 급반전된다.

이옥상은 강하다.

충분히 강하다.

그걸 부정할 생각은 없었다.

하지만 아무래도 흑영보다는 급이 떨어졌다. 아직 자신에게도 부족하다. 그러니 마음이 놓이지를 않았다.

징! 징!

두통이 다시 찾아왔다.

초감각의 접속이 뇌에 과부하를 걸었다. 시야가 살짝 흔들렸다. 시각에도 지장을 주고 있었다. 하지만 무린은 초감각의 접속을 끊지 않았다. 현 상황은 일촉즉발에 가깝다. 언제 무슨 일이 터져도 결코 이상하지 않았다.

이런 상황에 초감각을 끊는 건 생각도 못 할 일이었다. 눈알이 터져 나가도 유지해야 했다.

"겨우 그런 조잡한 걸로 나를 죽이겠다고?"

피식.

이죽거리는 흑영의 말에 무린의 입가에는 여전히 미소가 걸려 있었다. 당연히 눈동자도 시렸다.

달빛에 반사라도 되는 건지, 하얀 빛에 반사되는 호수의 색과 비슷했다.

"조잡해 보이나?"

"그럼 대단해 보일까? 아직 몸에 익지도 않은 기예인 것 같은데… 그 정도로 나를 죽일 수 있었다면 이미 진즉에 죽었겠지."

"그러니 넌 오늘 죽는다."

"푸흐흐."

무린의 대답이 웃겼던지, 흑영이 바람 빠지는 웃음을 흘렸다. 흑영의 분위기가 변했다.

"당신과 비슷한 힘을 가졌던 사람이 있었지. 뭐였더라… 맞아, 감속. 감속된 세상을 보는 힘. 비슷하지? 어떻게 됐을 것 같나?"

"……."

그 말에 무린은 입을 다물었다.

감속, 초현실의 최고 장점을 바로 짚었다. 고로, 흑영이 무린의 상태를 파악했다고 밖에 볼 수 없었다.

진짜 알았을까? 하는 의심 같은 건 하지 않았다. 무려 자신보다도 윗줄에 있는 고수가 흑영이다. 그에게도 특별한 기예가 하나 정도는 있어도 전혀 이상할 게 없었다.

"당신과는 이렇게 평야에 서 있지만… 본래 내 직업은 살수야. 사람 많이 죽이고 다녔어. 당신들은 전혀 모르는."

"……."

그 말에 포함된 모든 것을 무린은 단숨에 이해했다. 무의 말살계부터 생각해 보면 그리 어려운 것도 아니었다.

강호에는 수없이 많은 기인이사가 있다. 하나둘이 아닌, 정말 수없이 많다. 강호 각지에, 이름도 없는 산과 들에 묻혀 사는 강자가 있을 것이다. 흑영의 말은 그들을 죽이고 다녔다는 뜻이었다.

마지막의 마지막까지 마녀의 천지전복계에 방해가 되지 않도록. 아니, 방해가 되지 못하도록.

모든 끈을 완벽히 잘라내고 다녔던 것이다.

"그중에 있었지. 감속의 세계를 넘나드는 자가. 하지만 결국 죽였어. 아니지, 결국이 아니지. 쉽게 죽였어."

"……."

조용하면서도 차분한 음색이지만, 밑바닥에서 올라온 희열이란 감정이 충만히 담겨 있었다. 그러나 무린은 그래도 요지부동이었다.

어느새 동공 바로 앞까지 이동해 있는 흑사가 츠츠거리면서 꼬물거리고 있었다. 쉭쉭, 혓바닥 날름거리는 소리도 들렸다.

"피하지 못할 걸? 죽이는 것보다 기절시키는 게 사실 쉬우니까. 지금 이렇게 말하는 순간에도 확! 해버리면 돼. 당신이라면 내 말이 허풍이 아니라는 것도 알 테고……."

"……."

맞는 말이다.

그러면 충분히 가능하다.

그때였다.

조금만 버텨요, 그들이 오고 있어요.

그들?

단문영이 속삭이듯 건네 온 소리에 무린은 낯빛 하나 바꾸지 않고 되물었다. 무슨 의미인지 파악은 안 되지만, 조력자가 또 오고 있는 것 같았다.

무린은 즉각 상황을 파악하기 시작했다. 어떤 게 좋을까? 지금 이 상황을 더 끌어서, 조력자가 도착하기를 기다릴까?

아니면 승부를 걸어 흑영을 제압할까.

어느 쪽이 더 확실한지는 굳이 크게 따져 보지 않아도 충분히 나와 있는 답이었다.

전자다, 전자.

조력자를 기다리는 게 훨씬 현 상황에 이득이 된다. 하지만 자존심이 그걸 막았다. 탈각의 무인이, 아무것도 못 하고 그저 기다려야만 한다는 사실이 무린의 자존심을 자극했다. 하지만 그 자존심은 무린의 냉철한 이성 앞에 무너졌다. 본성이 이성을 이기지 못한 것이다.

말했듯이 무린의 가장 큰 장점은 자신의 생존을 위협하

는 모든 것에 대한 투쟁이다. 그러니 자존심이 불쑥 튀어나왔지만, 곧바로 접혀 찌그러졌다.

결정이 남과 동시에 무린의 입이 열렸다.

"내게도 다른 게 있다는 걸 알 텐데? 비천신기를 잊은 모양이군."

"알지, 비천신기. 공수에 아주 뛰어난 신공. 그리고 관통의 성질을 지닌 신기. 잘 알아. 그럼 해볼까? 내가 지금 당신 눈을 뚫을 테니, 어디 막아 보시든가……."

피식.

그 말에 시리게 걸려 있던 무린의 미소에 변화가 생겼다.

조소(嘲笑)였다.

명백한 비웃음었다.

"해보시든가……."

"……."

무린의 자극에 이번엔 흑영이 침묵했다.

복면 속 눈동자가 가늘어졌다. 무린의 진의를 파악하고 있는 것 같았다. 하지만 그렇게 쉽게 나올 리가 없었다.

무린의 지금 이 말은 진심이었으니까.

초감각으로 보는 초현실.

지금 무린은 흑사의 움직임을 전부 파악하고 있었다. 정확히는 흑사에 매달려 있는 투명한 실을 보고 있었다. 그

투명한 실은 정확히 흑영의 오른손 약지에 매달려 있었다. 흑사를 움직이려면 반드시 실부터 움직임이 있을 것이다. 무린은 그걸 보고 있었다.

슥.

약지에 걸려 있던 실이 꿈틀거렸다.

아주 작은 요동이었지만 무린은 정확히 봤다. 그리고 보는 순간 무린의 눈동자에서 나오는 광채가 더욱 짙어졌다.

비천신기의 집중 때문이었다.

"호오."

흑영이 미소 지었다.

살기가 뚝뚝 떨어지는 살소였다.

다 왔어요. 조금만 더요.

다시금 단문영의 목소리가 들려왔다. 무린은 살짝 뒤로 빠지는 흑사를 확인하고, 흑영을 포위하고 있는 삼 인을 바라봤다.

이옥상은 여전했다. 꼿꼿한 자세로 검을 하단으로 내리고 있었다. 그냥 서 있는 것 같지만, 실제는 체중의 중심이 발 앞부분에 몰려 있었다. 만약 사태가 벌어지면 즉각 움직일 수 있는 자세였다.

흑영의 주변을 돌고 있는 비접도 마찬가지였다.

살랑살랑 움직이고 있지만, 유려한 선을 유지하고 있었다. 언제든 흑영의 몸뚱이에 꽂힐 것만 같았다.

녹의 사내 역시 조용했다.

하지만 극도의 긴장 상태라는 것은 금방 알 수 있었다. 최대한 조절하고 있다지만, 초감각으로 극히 예민해진 무린의 청각이 정확히 녹의 사내의 호흡 소리를 잡아내고 있었다. 불규칙한 그 숨소리를 말이다.

무린은 초감각으로 한계까지 확장된 기감으로 들어서는 낯선 기운을 잡아냈다. 두 명이었다. 사내였고, 한 사내는 구름을 닮은 경신법을, 한 사내는 부동의 경신법을 보여줬다.

처음 보는 신법이었다.

이 둘이 단문영이 말했던 조력자라는 걸 무린은 알 수 있었다. 무린이 이들을 느끼고 수초 후, 흑영도 느꼈는지 눈동자가 미세하게 꿈틀거렸다. 무린은 그걸 보고 다시금 시린 미소를 베어 물었다.

"내가 이겼군."

"이런, 이런… 정보가 샜나."

스르륵.

무린을 감고 있던 흑사가 요동쳤다. 그에 이옥상, 당청,

녹의 사내 당정호가 움찔거렸다.

"움직이자 마."

그 말이 떨어진 순간.

파르륵!

갑자기 흑사가 풀리더니 흑영의 신형이 꺼지듯이 휙 사라졌다. 그 순간 무린은 즉각 뒤로 돌았다.

흑영의 정말 엄청난 속도로 자신의 뒤로 돌아가는 걸 파악했기 때문이다. 척! 자세를 돌린 무린이 철창을 앞으로 겨눴다.

창신이 파르르 떨리고, 우윳빛 예기를 간간히 토해냈다.

그때 이옥상이 먼저 무린의 뒤쪽을 한 번 쳐다봤다가 다시 흑영에게로 시선을 돌렸다. 그녀도 느낀 것이다.

다가오는 이들이 있다는 것을.

당청은 흑영을 보고 있다 흠칫했으나 미동도 없는 무린을 보고 아군이라는 걸 빠르게 짐작했는지 흑영에게서 시선을 떼지 않았다.

기척은 급속도로 가까워졌다. 대치 상황이 얼마 지나지도 않았는데 쉭쉭 하더니 무린의 바로 양옆에 간격을 두고 나타났다.

젊은 사내였다.

회색 도복을 정갈히 차려입은 도사. 그리고 거친 무명 흑의를 입은 사내. 둘이 나타나자마자 흑영의 입이 열렸다.

"소림의 신권(神拳)과 무당의 혜검(慧劍)이라… 이런, 이건 안 되겠군."

흑영은 흑사를 전방으로 내세워 경계를 시작했다.

무린은 나타난 두 사람의 신분을 듣고는 이 조력자들이 왜 왔는지를 알았다. 필시 소향이 관계되어 있다고 생각했다.

특히 무당의 혜검은 무린도 한 번 만난 적이 있었던 사내였다.

운검(雲劍).

예전 북방에서 소향의 전언을 전달하러 왔던 무당의 도사였다.

"해볼 생각이라면, 상관은 없습니다."

운검의 입에서 나직한 한마디가 나오자 흑영이 피식 웃었다. 그의 표정에는 무린을 잡아가지 못해 아쉽다는 기색이 전혀 없었다.

'음…….'

속으로 신음을 잠시 흘리던 무린은 곧 알 수 있었다. 애초에 자신을 정말 잡으러 온 게 아님을.

"시험하러 왔군."

이건 시험이었다.

무엇에 대한 시험인지는 확실치 모르지만, 흑영의 목표
는 애초에 무린이 아니었던 것이다.

"이제야 알았나? 느리군, 느려. 비천신기의 포획이 목적
이었다면 그건 이미 가능했다. 숲으로 들어선 순간부터 언
제든."

"……."

무린은 그 말에 반박하지 못했다.

평야에서도 막지 못했다. 그런데 숲 속이라면 훨씬 불리
했을 것이다. 살수인 흑영이 압도적으로 유리한 상황이라
는 소리다.

그런데 숲에서는 잘 피했고, 막고, 다시 평야로 나왔다.
그리고 평야에서 제압당했다. 으득! 이가 갈렸다.

짜증이 스멀스멀 기어 올라왔다.

진정해요.

후우…….

그 소리에 무린은 속을 눌렀다. 비천신기가 돌면서 무린
의 머릿속을 강제로 정화했다.

단문영은 여전히 혼심으로 무린의 상태와 이곳 상황을
보고 있었다.

"아직 무르익지 않았기 때문에 오늘은 그냥 물러나지. 어차피 지금은 쉽지도 않겠고. 하지만 다음엔 이렇게 오지 않을 거야. 아, 이런. 늦었군. 가는 길에 저 어두운 숲 속에서 오들오들 떨고 있을 가여운 여인이나 만나고 가려 했는데… 매화검이 어느새 가 있군."

흑영의 말에 무린은 순간 놀랐으나 안도했다. 무린도 좀 전부터 느끼고 있었다. 익숙한 기척을 지닌 여인이 단문영의 곁으로 내려서는 걸.

그녀가 바로 매화검.

무린은 누구를 지칭하는 소린지 금방 알 수 있었다.

검란 소저.

소향의 경호를 전적으로 책임지고 있는 그녀다.

무린은 안심했다.

검란 소저라면 흑영이 단문영을 노려도 일행이 합류할 시간을 벌어 줄 실력이 충분했기 때문이다.

"오늘은 여기까지. 다음에 만날 날을 고대하지."

슥.

흑영의 신형이 꺼짓듯이 사라졌다. 그러나 무린은 물론, 모두가 이미 한곳으로 시선을 돌리고 있었다.

정면의 숲이 아닌, 숲의 입구에서부터 우측으로 마치 유령처럼 움직이고 있는 흑영이 보였다. 그러다 어느 순간 어둠에 동화, 사라져 버렸다.

그러나 무린은 흑영이 사라진 순간에도 긴장을 풀지 않았다.

여전히 초감각에 접속해 있었기 때문에 골이 지끈거리는 정도를 넘어 바위에 짓눌린 것처럼 아팠지만 긴장의 끈이 풀리지가 않았다.

마치 누군가가 억지로 꼬아 놓은 것 같았다.

끝났어요.

'…….'

머릿속을 울리는 단문영의 말에 무린은 대답을 하지 못했다. 후우, 후우……. 약간 거친 숨소리가 흘러나올 뿐이었다.

끝났어요. 이제 긴장 풀어요…….

다시금 단문영이 속삭여 왔다. 그제야 무린은 '팟!' 하는 소리와 함께 접속을 끊고 정상적인 세상으로 돌아왔다.

막혀 있던 숨이 일시에 터졌다.

기잉! 파바박!

이륜이 무린의 정신을 다시금 청소하기 시작했다.

일륜도 가만있지 않았다. 마치 의지를 가진 것처럼 무린의 온몸을 구석구석 돌아다니며 생채기나 상처들을 치유하기 시작했다. 초감각의 과부하로 뇌를 압박하던 신경까지 어루만지고 가니 정신이 순식간에 맑아졌다.

"후우……."

그리고 폐부 가득 뭉쳐 있던 한숨이 나오면서 무린은 완전히 예전 모습을 찾았다.

너무나 빠른 회복이었지만 애초에 큰 부상도 없었으니 이 정도는 그다지 특별한 것도 아니었다. 비천신기가 괜히 신기라 불리는 게 아니었다.

무린은 주변을 돌아봤다.

다섯 쌍의 시선이 자신을 바라보고 있는 걸 확인하고는 무린은 가볍게 허리를 숙였다. 자신이 요청한 건 아니지만 도움을 받았다.

그것도 매우 큰 도움이었다.

시험이었다고는 하지만, 만약 이들이 없었다면 무슨 일을 당할지 알 수 없었다.

무린이 허리를 펴고 나니 숲 속에서 달려오는 기척이 느껴졌다. 정말 막 달려오고 있었다. 무공을 모르는, 일반인의 뜀박질이었다.

절대로 검란 소저일 리는 없으니, 남은 사람은 한 사람이
었다.

팍팍팍 소리를 내면서 달려온 그녀가 무린에게 몸을 던
졌다. 그리고 무린은… 말없이 그녀를 안았다.

第百七十九章 동료(同僚)

타닥타닥.

모닥불이 거세게 타들어가고 있었다. 그 주변으로 앉아 있는 이들은 꽤 많았다.

무린과 단문영, 이옥상.

당청과 당정호.

검란 소저와 운검, 그리고 슥슥 바닥에 글자로 자신의 이름을 쓴 무명 흑의의 사내, 한비담.

마지막에 뒤늦게 합류한 소향과 자신을 예하라 밝힌 여인.

총 열 명.

남자 넷에 여인 여섯이었다.

모닥불을 쬐면서 그들은 아무런 대화도 하지 않았다. 무린도 아무런 말을 하지 않았다.

그는 지금 머릿속이 상당히 복잡했다. 특히나 흑영이 움직였다는 사실이 더욱 그랬다. 일계가 시작되었다고 흑영은 분명히 말했다. 아직 기한이 남아 있음에도 불구하고 움직였고, 그 이유는 자신의 반대편에 앉아 있는 소향 때문이라고 했다.

'물어볼까.'

무린은 소향이 무슨 일을 했는지 물어보고 싶었다. 하지만 왜인지 모르게 그러지 말라고 본능이 막고 있었다.

특히나 이를 악물고 모닥불을 뚫어져라 노려보고 있는 소향의 얼굴을 보니 더욱 더 물어볼 수가 없었다.

무린은 일단 단문영과의 대화를 시작했다.

'어떻게 알고 왔지?'

슥, 바로 옆에 앉아 있던 단문영이 무린을 올려봤다. 그리고는 그녀의 특징이라 할 수 있는 신비한 미소를 입술은 물론 얼굴 전체에 걸었다. 얼굴을 보니 조금 창백했다.

경황이 없어 잘 못 봤는데, 이제 조금 진정이 되니 단문영의 상태가 눈에 들어왔다. 그녀는 무인이지만 무인이 아니었다.

상단전을 극한으로 열어 그 공능으로 독을 사용할 수는 있지만, 그건 그녀만의 공능 때문이지 내력 때문이 아니다.

그래서 한기(寒氣)를 막지 못하고 있었다.

무린은 가만히 단문영의 손목을 잡았다. 그녀가 놀랐는지 눈을 동그랗게 떴지만 무린은 그냥 조용히 내력을 주입했다. 아무런 저항도 받지 않고 비천신기가 일류의 특성으로 들어가 단문영의 몸을 타고 돌았다. 움찔하는 단문영. 아마 내력이 몸속을 타고 돌아다니니 몸이 찌릿찌릿했을 것이다.

한 바퀴를 돌고, 두 바퀴를 돌고 나서야 무린은 손을 뗐다.

그러자 들려오는 목소리.

고마워요.

이번에도 머릿속으로였다.

'당신이 해준 것에 비하면 약과야. 그보다 대답을 듣지 못했는데.'

무린이 속으로 다시 질문했다.

신기(神氣)가 다시 도졌나 봐요. 자는데 당신이 보였어요. 정확히… 좀 전에 당신이 겪은 일이요.

'음……'

무린은 낮은 침음을 흘렸다.

그녀가 보았다는 것은 아마 흑영에게 제압되어 있는 모습이었을 것이다. 한두 번 겪는 게 아니었을 테니 그녀는 그게 단순한 꿈이 아니라는 것을 알았을 것이다. 그래서 움직였다. 이렇게 받아들이기에는… 부족했다.

더 있을 것이다.

무린은 좀 전에, 단문영이 자신에게 안겼을 때를 떠올렸다. 그녀가 자신을 마음에 담아 두고 있다는 것은 아주 잘 알고 있었다. 이미 그녀가 마음을 직접 밝히기도 했었으니까.

하지만 그렇다고 사람들이 많은 데에서 감정을 표현할 그녀가 아니었다. 그렇다면 반대로 생각해 볼 수 있었다.

아무것도 눈에 들어오지 않았다.

무린이 무사하다는 것 밖에는.

북받쳐 오르는 감정을 통제할 수 없었다.

그건 쓰러질 듯 위태롭게 달려와 안기는 걸로 표현됐다.

무린은 그 이유를 알 수 있었다.

'전신과의 대화도 들었나?'

그리고 확인차 물었다.

…….

단문영은 대답하지 않았다.

무린이 시선을 내려다보니 단문영의 눈동자에 가득 들어

있는 감정을 볼 수 있었다.

하아, 무린은 한숨을 내쉬었다.

시선을 돌렸다.

'다른 것도 본 모양이군.'

속으로 다시 물었다.

…….

이번에도 대답은 들려오지 않았다.

그걸로 확실해졌다.

단문영은 전신과의 대화도 봤을 뿐만 아니라, 그걸 통해

다른 것도 본 모양이었다.

어려서부터 신기(神氣)가 단단히 들어차 있던 단문영이었다. 상단을 열고부터는 통제가 가능했던 모양이고, 그 통제를 무린 때문에 풀었다.

그래서 알게 됐고, 급히 달려온 것이다.

야밤에 도주라도 하듯이 말이다.

물론 제갈세가의 금검수들이 단문영을 못 봤을 리가 없겠지만… 그녀는 이런저런 핑계를 대고는 그곳을 빠져나왔을 것이다.

안휘성으로 돌아와 이옥상을 만난 것도 아마 합비일 것이다. 그리고 이옥상에게 상황 설명하고 무린을 뒤쫓아 왔다.

오는 와중에 만난 사람들이 아마 뒤늦게 북방으로 가고 있던 당청과 당정호였고, 그들에게도 설명, 무린을 죽도록 찾은 것이다.

정말 겨우, 늦지 않게 찾았다.

'고생했다. 그리고 고맙다.'

무린은 대화를 끝내는 감사의 인사를 던졌다.

다행이에요…….

끄덕.

그 말을 들은 무린은 고개를 끄덕이는 걸로 대답을 대신했다. 그 순간 '커험!' 하는 소리가 들렸다.

"아… 숨 막혀 죽겠습니다. 이거 무슨… 철천지원수끼리 서로 기세 싸움 하는 것도 아니고 뭔 분위기가 이리 험악합니까? 평범한 저는 아주 죽겠습니다. 죽겠어요."

녹의 사내, 당정호의 너스레였다.

실제 분위기는 조용하기만 했지, 무겁거나 중압감이 느껴지지는 않았다. 다만 너무 조용하니 어떻게든 대화의 물꼬를 터보려고 저리 너스레를 떤 것이다.

그리고 그의 말에는 유쾌한 농담도 있었다.

바로 '평범한 저는' 이라는 말.

절정 끄트머리에 있는 당정호가 평범?

지나가던 개가 웃을 일이다.

작정하면 북방 전선에 홀로 들어가 적병을 떼 몰살시키고도 남을 실력이 있는 무인이다. 당가는 암기 말고도 독에도 능하니까.

그것도 매우.

그러니 개소리라는 것이다.

퍽.

"아!"

"야, 니가 평범하면 나도 평범해야 하는데, 난 평범하기 싫거든?"

"아, 대주! 사람 앞에서 면 팔리게!"

"면은 객잔에서 파는 거고, 지금 파는 건 쪽이거든? 그것도 니가 내 자존심까지 싸잡아 팔고 있어. 알긴 아니?"

"아오… 그걸 지금."

어처구니없고, 유치한 농담에 당정호가 인상을 팍팍 찡그러졌다. 두 사람의 행동은 만담(漫談)이었다.

그것도 의도가 너무 뻔해 속속들이 보일 정도로 알기 쉬운 만담이었다.

"미안해요. 저희가 좀 너무 말이 없었죠?"

소향이 이윽고 말문을 열었다.

불빛에 비치는 그녀의 얼굴은 여전히 힘이 없었다. 아니, 조금 달랐다. 저건… 죄책감. 그래, 죄책감에 가까웠다.

그러나 무린은 이번에도 묻지 않았다.

"그럼요, 말이 없긴 했어요. 얘 말처럼 정말 숨 막혀 돌아가실 뻔했다고요?"

"호호호"

당청은 자신보다 한참이나 어린 소향에게 존대를 썼다. 돌아가는 분위기에서 느낀 것이다. 소향을 모두가 보호하고 있고, 그녀의 말을 따르고 있다는 사실을. 즉, 저 일행의 책임자, 혹은 지휘자라는 것을 느낀 것이다.

아닌 게 아니라 지금 그녀의 옆으로는 검란 소저와 한비담이라는 사내가 딱 붙어 있었다. 아, 무린은 한비담이 처음 보는 사내가 아니라는 것을 깨달았다.

머리를 길러 굉장히 야성적 느낌이 강해져서 그렇지, 예전에 마녀를 만났을 때 소향과 함께 있던 사내라는 것을 깨달았다.

'분위기가 변했어.'

그때는 마치 바람 같았다.

천진난만한 기색이 있었다.

그러나 지금은 그런 기색이 하나도 없었다. 단단하고, 어딘가 슬퍼 보였다. 그래서 한 번에 알아보지 못한 것이다.

"반가워요. 저는 소향이라고 해요."

"당가의 당청이에요. 이쪽은 당정호. 제 골칫덩어리 수하랍니다."

누가!

하고 대드는 당정호. 그리고 바로 퍽! 소리가 다시 났다. 유려하게 올라간 손이 당정호의 뒤통수를 다시 후려갈긴 것이다. 인정사정없이. 물론 피하려고 고개를 빼긴 했지만 당청의 손이 더 빨랐다.

맞은 직후 윽! 하고 강제로 인사를 하는 꼴이 됐다.

"소개를 해줬으면 인사를 해야지. 죄송해요. 얘가 버릇도 없어서……."

아으…….

하고 부들부들 떠는 당정호를 보며 모두가 슬쩍 미소를
지었다. 그렇게 당가의 두 사람이 분위기를 풀어놓자 천천
히 모두가 자신을 소개했다.

가볍게 소개를 하고 난 다음 입을 연 이는 의외로 이옥상
이었다.

"예하는 오랜만이네. 어떠니, 잘 지냈어?"

"예……."

이옥상의 말은 예하라 불린 여인, 무린은 만난 적이 있지
만 기억하지 못하는 여인에게 향한 말이었다.

대답은 살짝 늘어졌다.

표정에도 변화가 없었다.

그걸 보며 이옥상이 가만히 웃었다. 뭔가 더 말을 하려다
가, 슬쩍 그녀의 옆에 있는 한비담이라는 사내의 눈치를 보
더니 입술을 다물면서 오물거렸다. 입술로만 전달하는 말
이었다.

무린이 그 다음을 이었다.

해야 할 말이 있다.

"도움을 주서서 감사합니다. 여러분들 아니었으면 정말
큰일을 당할 뻔했습니다."

상투적인 감사의 말이나, 무린의 말은 진심이 들어 있었다. 그러니 가슴을 울렸고, 무린이 정말 도움에 대한 감사하다는 것을 느낄 수 있었다.

"아니에요. 오라버니가… 위험에 처하게 된 건 저 때문인 걸요."

소향이 의기소침하게 무린의 감사에 대답했다.

그에 무린은 '후우, 어지간히 힘들구나' 하는 생각을 할 수밖에 없었다. 그가 보아왔던 소향은 언제나 명랑했다.

항상 밝고, 환한 기색을 얼굴에 띄우고 있었다. 힘든 일이 있어도 말이다. 그런 아이가 이런 얼굴을 할 정도면, 정말 뭔가 단단히 사고를 쳤다는 일이었다. 그로 인해 저리 의기소침해진 상태였고.

"무슨 일이 있었는지 모르겠지만, 네 덕분에 목숨을 구한 게 어디 한두 번이냐. 그런 얼굴 하지 마라."

무린의 조용한 말에 소향이 '우……!' 하고 앓는 소리를 냈다. 그에 무린은 일단 자신이 먼저 얘기를 하는 게 낫다고 생각했다.

"내가 먼저 말하마. 음… 사실 흑영을 만나기 전 또 다른 사람을 만났다."

반짝.

소향의 눈동자가 곧바로 원래대로 돌아왔다. 무린의 얘

기가 심상치 않은 얘기라는 걸, '음' 하는 신음에서 잡아챈 것 같았다. 역시 소향. 사고의 판단이 굉장히 빨랐다.

"누구였나요?"

"전신."

"네?"

"북원의 전신이 나를 찾아왔다."

"…정말요?"

"그래."

"……."

무린의 말에 소향의 말문이 턱 하고 막혔다. 그에 무린은 조금 의문을 느꼈다. 이 정도로 놀랄 일인가 싶었기 때문이다. 잠시 어버버 하던 소향이 목을 가다듬고 다시 대답했다.

"북원의 전신……! 전설로만 내려오고 있지, 사실 그를 만났다는 사람은 없어요. 말로는 아무도 살아 돌아오지 못했기 때문이라 하지만… 실제는 그게 아닌 것 같아요. 전신이 죽었거나, 아니면 그가 의도적으로 모습을 감췄거나. 저는 둘 중 하나라고 생각해요. 실제 저도 찾아봤었거든요. 모든 수단을 동원해서. 그런데 찾지 못했어요."

"그랬나?"

"네, 어떤 무인이었나요? 아니, 어떤 사람이었나요?"

"음……."

어떤 사람?

무린은 좀 고민했다.

가장 먼저 고민거리로 떠오른 건… 전신의 존재다. 그의 존재 자체가 고민이었다. 일단 전신을… 사람이라 할 수나 있을 런지 모르겠다.

그의 말대로라면, 반도(蟠桃)를 흡수한 건 마녀가 아니라 그다. 그러니 그에게 인간적인 잣대를 들이미는 것부터가 문제가 생겼다.

천 년 이상의 세월을 살아온 자를 무슨 수로 인간이라 하나. 차라리 신이라 하고 말지. 그리고 무린이 고민하는 그와 마녀의 관계와 마녀의 의도다. 이러려면 차원 균열 이야기를 해야 하고, 천지전복계도 얘기해야 한다.

그런데 이걸 말하려니 왠지 꺼려졌다.

쉽게 받아들이기 너무 힘든 얘기이기 때문이다. 자신이라도 전신이 아닌 다른 이에게 들었다면 웃어넘겼을 것이다.

실제로 광검이 차원 얘기를 꺼냈을 때 그냥 넘어가 버리지 않았는가.

"왜 그래요?"

무린의 고민이 길어지자 소향이 물어왔다. 걱정스러운,

그리고 조금은 의문이 담긴 눈빛으로. 고개를 한 번 저은 무린이 천천히 입을 열었다.

"간단하게 설명하지. 전신은… 마녀의 동생이다."

펑

펑펑펑.

무린의 이 말은 여기 모여 있는 모두의 머릿속에 폭죽을 터트렸다. 그것도 단발이 아닌, 연발의 폭죽 덩어리가 마구 터졌다.

그럴 만도 했다.

모두 합죽이라도 됐는지, 한동안 말이 없었다. 당청도, 당정호도 마녀 비사는 알고 있다. 가주 직계인 당청이고, 당정호는 그런 당청이 가장 아끼는 수하다. 앞으로 겪어야 할 일을 알려주는 건 당연하다.

무슨 연윤지도 모르고 생목숨 날아가는 것보다 억울한 건 없으니까.

침묵은 좀 길게 이어졌다.

정신을 차린 이들도 있지만, 소향이 말을 꺼내지 않으니 아무도 먼저 나서지 않았다. 소향이 침묵을 깼다.

"아, 잠깐만요. 아… 진짜 잠깐만……."

소향이 한 손은 손바닥이 보이게 앞으로 내밀고, 다른 한 손으로는 이마를 짚었다. 그리고 상체가 푹 숙여졌다. 누가 보더라도 정신적인 충격을 받은 모습이었다.

사람들은 이해했다. 무린도 이해했다.

소향은 앞으로 마녀가 일으킬 환란에 대적할 중원 모든 세력의 군사라 할 수 있다. 그러니 지금 무린의 말을 받아들이는 것 자체가 달랐다.

왜?

그녀가 그려오던 모든 그림을 완전히 찢어발겨 버렸으니까.

북원(北元)의 전신(戰神).

아주 오랫동안 내려온 별호이면서, 아는 사람은 아는 전설의 별호. 그래서 사람들은 이렇게 알고 있다.

그건 세습이라고.

계승이라고.

무린의 말은 그걸 단호히 거부하는 말이었다. 왜? 불사(不死)라 생각되는 마녀의 동생이라는, 그 이유 하나 때문이었다.

문제는 또 있다.

그럼 북원의 전신은 얼마나 강할까?

간단하게 그를 부르는 별호에서 알 수 있다.

신(神)의 칭호를 받은 자.

이게 모든 것을 설명한다.

그러니 지금 소향의 행동은 충분히 이해가 갔다. 물론 무린은 전신이 마녀와 같은 편이 아님을 안다.

그러나… 무린은 그 말을 전부 믿지 않았다. 한 번 본 사람의 말을 무슨 수로 믿나. 무린이 의심병이 있는 건 아니지만, 그 말은 의심을 해야만 했다. 그러나 감으로는 전신의 말이 사실이라 느꼈다.

이중적인 마음이 왔다 갔다 하고 있었다.

무린은 고개를 저어 생각을 날렸다. 지금 일단은 소향부터 위로해야 할 때라 무린은 느꼈다.

"마녀의 동생이라 분명히 들었지만, 오히려 마녀를 막으려고 한다고 내게 말했어. 그러니 그렇게 고민할 필요 없다."

슥.

그 말에 소향이 고개를 들더니, 눈가를 샐쭉하게 찢었다.

"그걸 먼저 말하라고요!"

꽥! 하고 소리치는 소향을 보고 다들 품 하고 웃었다. 당정호가 '이제 보니 무제가 짓궂은 구석이 있네요?' 하고 중얼거리기도 했다.

"하지만 나는 그 말을 믿지 않아. 소향, 너도 완전히 믿지 못할 것이라 보는데?"

"이제 알았는데 믿고 안 믿고가 어디 있어요? 생각할 시간도 없었는데!"

"그건 그렇군."

"또 무슨 얘기했어요?"

"반도를 먹은 이야기."

"반도? 설마 제가 생각하는 그 반도가 맞아요?"

"삼천갑자 동방삭의 얘기에 나오는 반도를 생각한 거라면… 맞아."

"……."

펑. 퍼버벙!

이번에도 폭죽 놀이가 벌어졌다. 합죽이 놀이도 또 벌어졌다. 침묵 놀이는 뭐, 당연한 수순이었고.

이번 무린의 말도 장내에 있는 인물들을 그렇게 몰고 가기에는 아주 충분했다. 다른 것도 아니고… 신화 속의 반도(蟠桃) 이야기니까.

"아… 이번에도 잠깐, 좀 기다려 봐요……."

소향이 아까처럼 한 손은 내밀고, 한 손은 골을 짚었다. 당연히 상체는 푹 숙여졌다. 반도가 그녀에게 준 충격이 상당한 것 같았다.

무린이 말을 더 이었다.

"나는 사실 마녀가 반도를 먹었을 거라 예상했다. 마녀가 산 세월이 말도 안 되게 길었다는 점에서 우연찮게 나온 애기가 바로 삼천갑자 동방삭과 반도 이야기였지. 그런데 스승님께서도 그렇게 생각했는지 고서들을 뒤지셨고, 결국 어느 민가의 조상 이야기가 담긴 서적에서 발견했어. 그 서적의 마지막엔 동방삭과 금발 여인의 대화가 적혀 있었다고 하셨지. 그때 나는 확신했다. 아, 반도를 훔친 동방삭, 그는 그걸 제 혼자 다 먹지 않고 마녀에게 건넸다고. 하지만… 그건 마녀가 먹은 게 아니야. 동생인 전신에게 준 거지. 그리고 마녀는… 애초에 불사였다."

"……."

"……."

무린의 긴 말에 모두가 눈만 끔뻑였다.

최소 절정, 기본 탈각의 무인들이다.

여기 있는 이들이면 사실… 오대세가는 물론 마도가도 멸망시키는 게 가능한 전력이다. 이미 무린 혼자서 남궁세가도 박살 냈다. 물론 그건 남궁세가가 정면 대결을 고수해서였지만, 그들이 다른 방법을 취했더라도 무린은 충분히 박살 낼 수 있었을 것이다.

이는 운검이나 한비담도 충분히 가능한 일이란 소리다.

이옥상은 조금 힘들겠고, 검란 소저는 뭐… 무린이 본 이들 중 마녀, 전신을 뺀 최고의 검객이니 굳이 설명할 필요도 없다.

그런 이들이 정신에 충격을 받았다.

이건 반도 때문이 아니고, 무린이 마지막에 말한 말 때문이었다.

애초에.

불사였다는 말.

이게 문제였다.

이건… 이들이 알고 있던 마녀에 대한 정보, 그것도 가장 중요한 정보를 원천적으로 개박살 내버리는 말이었다.

그리고 상식까지도 완전히 짓뭉개 버리는 말이었다.

솔직히 말해서… 마녀가 없었다면 불사라는 단어 자체를 비웃었을 것이다. 무학의 발전 이후, 이백 년 가까이 살았던 무인이나 도사, 승려들은 있었다. 그러나 그들에게도 반드시 끝은 찾아 왔다.

결코 불사는 아닌 것이다.

그러나 무린은 지금 불사라고 했다. 그것도 특정한 방법을 얻은 게 아니라… 애초에 불사라고 했다.

이곳에 있는 이들 중 무린의 말을 이해 못 한 사람은 아무도 없었다. 모두 말뜻은 확실히 이해는 했다. 하지만 이해와 인정은 전혀 다른 부분이다.

"지금까지 어떤 특수한 방법으로 오래 살았겠거니… 했는데."

소향의 힘없는 목소리가 들렸다.

그리고 그런 소향의 말에 다수가 고개를 끄덕였다. 그들도 그렇게 생각한 것이다. 진정 불사라고는 그 누구도 생각 못 한 것이다.

그건 무린도 마찬가지였다.

무린도 마녀가 설마 불사(不死), 그 단어에 완벽하게 가까운 정도가 아니라 그 단어 자체의 존재인지는 설마 예상도 못했다.

솔직히 말하자면 지금도 믿고 싶지는 않았다.

그러나 전신의 말은 힘이 있었다.

거짓을 고하는 눈, 어조라고 보기에는… 무린이 사람의 분위기를 파악하고 말에서 허와 실을 구분하는 감이 너무 좋았다. 상단까지 열렸으니 그 감은 거의 확신에 가까울 정도다.

하아…….

"전부, 전부 다시 생각해야겠어요…….."

그 말에 모두 눈빛을 굳은 채 소향을 바라보고 있었다. 지금 이 순간 저 말은 너무 무겁게 느껴졌기 때문이다. 물론 그건 무린도 마찬가지였다. 무린도… 마녀에 대한 모든 개념을 모조리 바꿔야 한다고 생각하고 있었으니까.

그만큼 불사라는 단어가 주는 충격은 컸다. 무린은 생각할 틈조차 주지 않았다. 대화는 빠르게 진전되어야 했다. 그래야 모든 것을 풀어놓고 방법을 찾을 수 있기 때문이다.

"소향."

"네?"

"일계(一計)가 발발했다."

"일계요?"

"그래, 무(武)의 말살계. 마녀가 저지르려는 환란이다. 근데 그건 일계에 불과해. 이계가 있고, 마지막 삼계가 있어."

"……."

소향의 표정이 천천히 일그러졌다. 그녀도 거기까지는 파악하지 못한 것이다. 하긴, 못 할 수밖에. 마녀는 소향에게 오직 일계만을 얘기했으니까.

그리고 그 일계마저도 너무 무시무시해 뒤에 뭐가 더 있다는 것을 감히 상상조차 할 수 없었으니까.

스윽.

무린의 말에 상체를 꼿꼿하게 세웠다. 그들도 무린의 지금 말이 굉장히 중요하다는 것을 안 것이다.

"이계(二計)는… 뭔가요?"

"문(文)의 말살계."

"…지식을 전부 없애겠다는 건가요?"

"그럴 수도 있고… 학문을 배운 이들을 모두 죽이는 것일 수도 있고. 나는 후자라고 본다. 일계에 이어서 보면 후자가 더 타당하니까."

"아니 대체……."

소향이 잔뜩 찡그린 얼굴로 고개를 저었다. 복잡한 기색이 역력했다. 천하의 소향도 바로바로 이해하지 못하고 있었다.

무린이야 전신이 이유까지 곁들여 설명을 했기에 금방 알아들었지, 지금처럼 단순하게 설명하면 한참 이해하지 못했을 것이다.

"그럼 삼계(三計)는요……?"

"천지전복."

"천지전복……?"

"그래, 의미 그대로 받아들이면 된다."

"아니, 그걸 어떻게 의미 그대로 받아들여요? 세상을 뒤집겠다는 걸!"

"진정해."

"지금 진정……! 후읍, 후우……."

소향이 가슴에 손을 얹고 심호흡을 시작했다. 바로 진정이 안 되는지 한참을 쉬었다. 입술을 질끈 깨물고 있는 걸 보니 답답하다 못해 아픈 것 같았다.

과하게 신경을 쓴 탓이었다.

툭. 툭. 툭.

검란 소저가 소향의 등을 가볍게 툭툭 건드렸다. 그러자 소향의 호흡이 바로 듣기 좋게 변했다.

"고마워요, 언니."

"고맙기는. 진 대주, 얘기를 계속해 주세요."

검란의 말에 무린은 고개를 끄덕였다.

모두가 다시 무린을 주목했다. 무린은 그 시선을 받으며, 다시 천천히 입을 열었다.

이들은 동료다.

알고 있는 건 전부 말해주는 게 옳은 일이다.

"전신이 마녀의 동생이라는 점과 그가 반도를 먹었다는 점, 그리고 그가 마녀와 적대하고 있다는 걸 나는 믿는다."

"이유는요?"

"감이라고밖에 설명할 수 없어."

"감이라⋯⋯."

소향은 두 손을 비비면서 무린의 눈동자를 직시했다. 말의 진위를 무린이라는 사람의 성향까지 생각해 나름 분석하고 있었다.

지금 무린의 말은 굉장히 중요했다.

전신.

어쩌면 그와 전선을 같이 짤 수도 있기 때문이다.

그래서 무린의 지금 말한 감이라는 게 정말 중요했다.

"소향, 진 대주는 오감(五感)과 육감(六感)을 무기로 사용하는 무인이야. 그런 진 대주가 저리 확신한다는 건 진실이라고 보는 게 좋아."

"그렇겠죠?"

"그래."

조용조용한 검란 소저의 말에 소향은 반색했다.

그녀는 어쩔 수 없이 많은 생각을 해야 한다. 사태가 너무나 중하니 단 하나라도 놓치는 순간, 모든 것이 어긋나 삐걱거릴 게 자명했기 때문이다.

돌다리도 두드려 보고 건너는 정도가 아니라 몇 번씩이나 후려쳐 보고 건너야 하는 게 소향의 임무였다.

하지만 지금 같은 경우는 항상 검란 소저가 옆에서 잡아 줬다.

"저도 동감합니다. 무제의 무(武), 그 원천에는 그의 특별한 감각이 바탕으로 존재합니다. 감각의 토양에서 싹튼 무력이니 그가 전신의 말의 허와 실을 구분하지 못했을 리가 없습니다."

운검의 말이었다.

예전에도 느꼈고, 지금도 느끼는 부분이지만 이 운검이라는 도사는 참으로 정갈했다.

무당의 인물이니 충분히 그럴 수도 있지만, 그것 말고도 무린을 더욱 잡아끄는 건 그게 후천적 정갈함이 아닌, 선천적 정갈함이라는 부분이다.

즉, 애초에 저 사내의 성격은 날 때부터 차분하고 조용했으며, 진지하고 사려 깊다는 것이다.

성향이라고나 할까.

"좋아요. 오라버니의 말이 진실이라 확정하고 대화를 해봐요."

"그래."

소향의 대답에 무린은 조용히 대답했다. 그리고 만족한 미소를 지었다. 이런 부분이 참 좋다. 소향은 지금 진실이라는 가정이 아닌, 확정이라고 했다. 그렇다면 무린의 말을 전적으로 믿겠다는 것이다.

더불어 무린의 입에서 나온 마녀와 전신에 대한 모든 정보도 듣는 그대로 받아들이겠다는 뜻이다.

군사인 그녀가 의심을 안 하고 말이다.

"전신과 마녀는 남매 사이. 또… 전신은 반도를 먹어 불사에 가깝고, 마녀는 애초에 불사이고. 그런 전신과 마녀는 서로 적대하는 사이. 그리고 일계는 시작됐고, 이계는 문의 말살, 삼계는 천지전복. 일단 오라버니가 한 얘기는 이게 전부죠?"

"그래."

"정말 믿을 수 있는 게 하나도 없네요. 이게 뭔가요, 정말? 나 지금 이야기책 속에 들어온 거예요?"

"……."

무린은 소향의 말에 조용히 웃었다.

웃을 수밖에, 자신도 그런 기분이었으니까. 현실을 벗어난 비현실은, 무린의 정신을 좀 멍하게 만들었다.

아주 제대로다 제대로.

뭐 이딴 경우가 다 있는지… 그런데 그건 소향도 마찬가지였나 보다. 아니, 전부가 마찬가지였다.

슬쩍 시선을 돌려서 바라보니 주변 모두가 멍한 표정들이었다. 아마 쉽게 믿기 힘든 얘기를 들어버렸기 때문일 것이다. 이해는 했다. 자신도 그런 상황이니까.

짝.

무린은 손뼉을 작게 쳐서 시선을 다시 모으고 입을 열었다.

"마녀의 목적도 알아냈어. 하지만 여기부터는 환상의 영역이야. 진짜 믿지 못할 이야기지. 굳이 안 들어도 상관은 없다."

"들어야죠. 우리가 왜 이 짓을 하고 있는지 정도는 알아야 뒈지더라도 안 억울하지 않겠어요?"

무린의 말에 즉각 대답한 여인은 소향이 아니었다.

당첨.

그녀가 찡그린 얼굴로 대답했고, 나머지도 마찬가지로 고개를 끄덕였다. 죽더라도 이유는 알고 죽는 것.

이게 사실 별 차이가 없을 것 같아도 큰 차이가 있다. 아무것도 모르고 죽는 것과 그나마 이유는 알고 죽는 것. 어느 게 나을지 앞으로 희생될 모든 무인들에게 설명해 보라. 백이면 백 후자를 선택할 것이다.

무린은 고개를 끄덕였다.

"마녀는… 이 세상 사람이 아니다. 차원이라는 단어를 아나?"

"다른 세계… 요? 이곳과는 완전히 다른, 절대로 갈 수는 없으나 존재는 하는. 스승님은 그렇게 대답해 주셨어요."

"그래, 마녀는 다른 차원의 사람이다. 그리고 그곳에서 거대한 싸움에 휘말렸던 것 같아. 세계를 부수려 하는 적이 있었고, 마지막엔 양패구상했다는 것 같은데… 이 과정에서 문제가 생긴 것 같아. 마녀는 이곳으로 튕겨졌다. 이 땅에 생물이 살기 시작한… 아득한 옛날로. 거대한 괴수가 땅과 하늘을 누비던 시절, 그때로."

"아… 잠시만요. 잠깐, 지금 마녀가 태고부터 존재해 왔다는 뜻이에요?"

"불사."

"아, 맞다……."

"천지가 뒤집히고, 온 세상에 지독한 추위가 찾아오고, 불을 사용하면서 문명이 시작되고, 돌부터 시작해 청동, 철, 무기와 식기, 농기구가 최초로 만들어지던 그 시절을 모두 겪었다고 했다."

"그게 무슨……."

소향은 군사다.

머리를 쓰는 사람, 당연히 서적이라면 어려서부터 질리게 봐왔다. 아니, 재미있게, 닥치는 대로 읽어왔다. 당대 문성인 한명운 선생의 거처에서 살았으니 책은 상상도 못 할 정도로 많았다.

그런 그녀가… 저리 어버버 한다. 이유는 하나다. 감히 마녀가 살아 온 세월을 추측조차 못 하겠어서였다.

"그리고… 수많은 지혜를 얻었겠지."

검란 소저의 말이었다.

무린은 고개를 끄덕였다.

마녀가 있던 세상에 무슨 지식이 있고 어떻게 발달했는지는 모른다. 하지만 분명 어떤 종류이든 발달은 했을 것이다.

그리고 그건 이곳도 마찬가지다.

무공이라는 게 가장 대표적으로 발달했다. 지금도 이 강호에, 이 땅에, 이 세상에 존재하는 무공을 전부 파악하는 건 불가능하다.

무린과 단문영을 잇고 있는 혼심도 웬만한 사람들은 이름도 모른다. 마녀는 그 수많은 세월 동안 정말 무시무시할 정도의 무공을 습득했다.

포화 상태까지 말이다.

그러면서… 알아차렸다.

"아예 이 땅을 뒤집어서, 말 그대로 종말을 오게 해서… 그 안에서 무언가를 이룩하려고 한다. 전신이 그러더군. 그 이룩하고 싶은 게 바로 본래의 차원으로 돌아가는 것이라고."

"……"

"……"

모두의 낯빛이 확 굳었다.

결코 흘려들을 수 없는 말이었다.

이 땅을 뭘 어떻게 한다고?

천지전복.

이윽고 무린이 무시무시한 설명을 하기 시작했다.

"단순한 의미 그대로, 온전하게 그대로가 마녀의 계획이었던 것이다. 하늘과 땅, 그 모든 걸 뒤집어 조화 자체를 깨

부수면 이 세상은 어떻게 될까? 간단하게 생각해 보자. 만약 해가 땅속으로 들어간다면? 땅이 하늘로 올라간다면? 해가 뜬 날 어둡고, 달이 뜬 날 환하면? 인간의 발이 어깨에 달리고, 팔이 골반에 달리면? 눈이 아래로 가고, 입이 위로 올라가면? 코가 뒤로 가고… 입이 가슴으로 가면? 심장의 위치가 변하면? 눈으로 음식을 먹어야 하고, 코로 소리를 들어야 하고, 입으로 냄새를 맡아야 하면? 생각을 뇌가 아니라 심장이 하면? 이성과 본성이 뒤바뀌면 대체 어떤 결과가 나올까? 인간은 살 수 있나?"

"……."

"……."

싸한 한기가 돈다.

"단순 천지전복이 아니라… 내가 보기엔 정말 이 세상의 조화, 구조 자체를 모조리 뒤집어 버리겠다는 걸로 보여."

쐐기를 박아버리는 말이었다.

그리고 더럽게 무서운 말이었다.

예라고 하기 에는 지나치게 과했다.

"그, 그게 상식적으로……."

당정호가 어버버 하며 입을 열었다.

퍽!

"등신아, 상식은 이미 불사에서부터 깨졌어."

"악······."

당청의 말대로다.

상식은 이미 깨졌다.

불사의 단어가 나왔고 그게 성립된 이상, 그 어떤 것도 현상도 '상식적으로 말이 안 돼' 이렇게 부정할 수가 없게 되어버렸다.

가능성 영 할에서, 각각의 머릿속에서 오 할, 육 할, 어떤 이는 구 할, 또 다른 어떤 이는 이 할. 이렇게 기하급수적으로 그 수치가 올라가 버렸다는 것이다. 이것만해도 정말 무서운 결과였다.

이걸 농담으로 받아들이기가··· 너무 힘드니까.

"최악이네요. 진정한 의미 그대로의 최악."

소향이 감상평을 내렸다.

그 직후 눈을 감는 소향. 그녀의 얼굴은 정말 딱딱하게 굳어 있었다. 그리고 한쪽 눈썹만 꿈틀거리고 있었다.

잔경련이 일어나는 걸로 보아 지금 그녀의 머릿속은 온통 폐허가 되어 있을 것이다.

습득한 정보와 본래 가지고 있던 정보들이 나와 얽히고 설키면서 필요 없는 것들은 쳐내고, 실(實)의 정보들끼리 따로 모여 마구 분류되고 있을 것이다.

괜히 머리가 좋은 아니다.

소향은 특별하다.

무혜와는 쓰는 방식이 다른 머리고, 지식이다.

예전에도 말했듯이 소향이 전체적인 구도에 능하다면, 무혜는 단 한 가지에 대한 집중하면서 파악, 방법, 제시, 진행, 해결에 대해 굉장히 능하다.

간단히 설명해서 소향이 전쟁을 끝낼 판을 생각한다면, 무혜는 눈앞의 적을 분쇄하는, 오직 그 하나에 철저하게 능하다는 뜻이다.

무린은 가만히 기다렸다.

그녀를 아는 사람들도 소향이 침묵할 때는 그녀가 머리를 혹사시킬 정도의 생각에 들어간다는 것을 아는지라 말을 꺼내지 않았다.

모르는 건 당청과 당정호, 이옥상, 단문영 등이지만 이들은 상당히 눈치가 있었다. 그 눈치로 지금은 말을 할 때가 아니라는 것쯤은 이미 분위기로 파악했다.

"광검은요?"

여전한 얼굴로 물어오는 소향.

무린의 대답은 즉각이다.

"사 남매 중 둘째. 전신이 셋째. 위운혜가 막내. 당연히 마녀가 첫째."

"괴물 집안이네요."

"그렇지."

"그럼 마녀를 막는 이유는요?"

"용서받지 못할 일이니까. 전신이 그랬다. 마녀가 하는 일은 팔열팔한지옥에 떨어져 억겁의 세월을 고통받아도 결코 용서받지 못할 일이라고."

"그렇죠. 이 땅 위에 숨 쉬는 모든 것을 죽이겠다는 뜻인데. 그래도 광검이나 전신은 제대로 된 무인이네요."

"아니, 다르다."

"네?"

"그들은 무인이 아니야."

"무슨 소리예요?"

소향의 되물음에 무린은 신음을 흘렸다. 뭔가 정의 내리기가 어려웠다.

그들에게는 전혀 다른 성질의 기세가 있다. 겉으로는 그냥 무인이지만, 무린은 감은 초감각의 영역까지 다룰 정도다.

그 초감각이 말해주고 있었다.

어차피 전신도 이곳 사람은 아니고, 광검은 몸만 이곳 사람이다.

"문영."

"네?"

무린은 대답하기 전, 소향 말고 단문영을 불렀다.

성을 빼고 친근히 부르자 단문영은 놀랐는지 눈을 동그랗게 떴다가, 이내 살며시 미소 지었다. 그녀만의 미소다. 묘하게 신비로운. 어둠이 걷히고, 일출의 빛이 호수에 떨이지면서 생기는 그 반사광의 신비로움.

"광검 위석호. 그때 봤지?"

"네."

"어땠지?"

"음……."

그녀는 손으로 입술을 매만졌다. 단문영도 생각에 빠진 것이다. 대체 광검 위석호를 뭐라고 설명해야 하는지.

그녀도 처음 보는 너무나… 특이하고, 어두운 느낌이 강해서 마땅한 설명거리가 떠오르지 않았다. 하지만 모두의 시선이 재촉하듯 바라보자, 어쩔 수 없이 생각이 정리되지 않은 채 입술을 열었다.

"그는 하나이면서, 셋인 존재예요."

하나이면서, 셋?

"네. 하나이면서… 음?"

순간 단문영의 눈동자가 번쩍 떠졌다.

그리고 동시에 푸른빛을 머금고 있던 눈동자에 변화가 생겼다. 일시에 분위기도 변해 버렸다. 아니, 변한 게 아니다. 깊어졌다.

묘한 신비감 속에 숨어 있던 진짜 그녀의 분위기가 가시화되기 시작한 것이다.

"당신……."

웅웅.

목소리도 공기 중에 진동을 하기 시작했다.

그녀의 눈은 정확히 흑의 사내, 한비담이라는 사내에게 고정되었다. 그의 눈동자도 동그랗게 커져 있었다.

어, 들려?

"네, 아주 잘 들려요."

그에 운검은 물론 소향, 검란 소저까지 전부 흠칫했다. 한비담의 눈도 마찬가지로 놀라워했다.

그러다 이내 환하게 웃기 시작했다. 사심이 없는… 정말 깨끗한 웃음이었다. 그걸 보며 소향이 믿지 못하겠다는 듯이 고개를 절레절레 저었다.

"심어(心語)를 알아듣는 사람이 또 있다니……."

심어?

처음 드는 단어다. 물론 단어 뜻은 이해하지만, 결코 그런 건 아닐 거라는 생각이 들었다.

"네, 심어. 혜광심어(慧光心語). 불문정종의… 불가해. 비담 소협은 말을 할 수 없어요. 태어날 때부터. 하지만 말을 할 줄 알아요."

"그게 혜광심어? 아… 들어는 봤군. 거의 전설 속에서."

"그렇죠? 전설의 전인이랍니다, 한비담 소협은. 그런데 문제가 있어요. 이 혜광심어… 아무나 듣는 게 아니에요. 실제 여기에 비담 소협의 혜광심어를 들어본 사람은 아무도 없어요. 저 또한 마찬가지고요. 듣기로는 하나의 잡티도 없는 순수한 영혼이어야 한다고 했는데… 단문영 소저는 그런 것 같지 않은데 어떻게 듣는 거지……?"

고개를 절레절레 젓는 소향.

그 사이 단문영은 한비담에게 많은 얘기를 들었다. 그녀는 말하지 않고, 오직 한비담만 말했다. 마치 다시는 말 못할 것처럼 빠르게 말하고, 단문영은 고개만 끄덕이고 있었다. 희미한 미소만 띠고 있다.

그러다 말이 끝났는지.

"네, 고마워요."

그렇게 고개를 살짝 한비담에게 숙였다.

이후 다시 일행을 보고 대화를 이어가기 시작했다. 그녀의 분위기도 어느새 원상태로 돌아왔다.

"광검에 대해 설명을 계속할게요. 그가 하나이면서 셋이라고 한 건… 그에게 본 인격과, 그를 지키는 인격이 둘 있어서 그래요."

"인격?"

"아, 아니네요. 그 단어는 맞지 않아요. 음… 영혼이라고 해야겠어요. 단순히 인격이 아니라 영혼, 실제 존재했던 자의 영혼이 둘이나 있어요. 둘 다 매우 어둡고 칙칙해요. 특히 거대한 존재의 영혼이 있는데… 이 영혼은 인간이 아닌 것 같아요. 인간으로서 느껴져야 할 게 하나도 느껴지지 않았으니까요."

단문영의 설명은 길었고, 복잡했다.

이 역시 비현실적이라 좀 생각할 시각이 필요했다.

단문영은 자신이 말해놓고도 그 설명이 마음에 들지 않았다. 뭐랄까, 광검은 정말 특이했다. 분명 주 영혼은 완벽히 육체에 자리 잡고 있지만, 성향이나 하는 행동은 두 번째 영혼, 쌍검을 든 무사에 가까웠다.

어떻게 아냐고?

그녀니까 안다.

무린을 넘어선 신기를 지닌 그녀라서.

단문영이 마음에 들지 않는 표정을 하고 있자, 그녀에게 분명 물어볼 게 있으면서도 소향은 입을 열지 않았다.

생각이 정리될 시간을 주는 것.

설전이 아니니 당연한 일이다.

"진⋯ 대주의 말처럼 무인이 아니라는 말은 아마 두 번째
와 세 번째 영혼 때문이라 생각돼요. 광검 위석호는 분명
무인의 기질과 영혼을 가지지만, 두 번째 영혼이 그의 성향
을 많이 바꿨어요. 아니, 거의 두 번째 영혼에 가깝다고 봐
야 해요. 쌍검을 든 무사. 아, 무사, 무인. 음⋯ 그는 무인이
아니군요⋯ 말을 타는 기사. 아, 맞아. 기사. 기사(騎士)예
요."

"그럼 세 번째는요?"

"영혼이라 했지만⋯ 미안해요. 이것도 맞는 표현이 아니
었네요. 영혼보다는⋯ 요괴에 가까워요. 거대한 덩치, 이마
에 흉측한 뿔. 그리고 덩치만큼이나 거대한 몽둥이. 흉포한
포식자의 향. 하지만 가장 강렬한 건 지독한 살심."

"요괴⋯ 짚이는 게 있긴 한데."

"네?"

"제가 요괴열전 같은 걸 좋아해요. 거대한 덩치와 몽둥
이, 포식자, 살심. 이 조건에 부합되는 요괴는 제가 알기론
딱 하나예요."

"아⋯⋯."

소향이 웃으면서 다시 입을 열었다.

"두억시니."

"아!"

당정호가 손뼉을 짝 쳤다.

"근데 제 말이 믿겨져요?"

단문영이 물었다.

소향이 빙긋 웃음을 지으며 대답했다.

"한비담 소협의 혜광심어를 듣는 이의 말인데, 어찌 안 믿겠어요?"

"후후. 고마워요."

"고맙긴요. 자, 오라버니? 전신의 느낌은 어땠나요?"

무린은 그 질문에 바로 대답했다.

"문영이 말했던 두 번째 영혼, 쌍검을 든 기사. 그와 비슷했어. 그도 거대한 백마를 타고 있었지. 그리고 갑주의 형태도 동양의 형식이 아니야. 흑기사의 갑옷과 비슷하지만… 급이 달라. 도저히 뚫을 수 없을 것 같아 보였으니까. 또한 느껴지는 감은… 굉장히 단단하고 거대해. 그리고 강대한 힘이 느껴졌지. 무인이 아니야. 사막 건너 색목인 세계의 기사에 가까워. 모든 특성이."

"음, 그렇군요. 마녀도 색목인, 전신도 색목인, 광검은 외형만 중원인. 그 동생인 미오 언니도… 중원인이긴 하지만,

외형은 색목인. 다르군요, 확실히…….”

소향의 말에 여태 조용하던 운검이 입을 열었다.

“마녀의 입장에서는 가족사에 끼인 불청객들이군요.”

“…….”

불청객.

무린은 그 말에 피식 웃었다.

마녀의 입장에서는 확실히 그렇다. 하지만 지금은 아니다. 불청객? 웃기지 마라. 그 가족사에 온 세계가 박살 날 위기에 처했는데 무슨 불청객.

이젠 내 일이다.

“다른 건 다 필요 없다. 마녀는 마녀고, 마녀의 남매들은 마녀의 남매고. 나는 지금 내가 할 수 있는 일을 할 뿐이다. 살기 위해서.”

매우 간단하게 상황을 정리하는 무린의 말이다. 무린의 말은 핵심을 잘 짚었다.

“딱 천지전복으로 이어지는 마녀의 계(計)만 막으면 돼. 안 그래, 소향?”

“호호, 오라버니 말이 맞아요. 그것만 막으면 되지요. 그게 쉽지 않아 문제지만.”

“자, 이제 내가 알고 있는 건 다 말했다. 흑영이 그러더군. 너 때문에 일계가 시작됐다고. 기간이 앞당겨졌다고 했어."

"아……."

"무슨 일이 있었나?"

"하아……."

대답 대신, 한숨을 연달아 내쉬는 소향이었다. 아주 대놓고 '나 뭔 일 있어요!' 하고 대답하는 꼴이라 무린은 피식 웃었다.

"괜찮으니 말해봐."

"그게……."

"마녀 세력 하나를 박살 냈어요. 바로 얼마 전에."

대답은 운검에게서 나왔다.

찌릿, 하고 소향이 노려봤지만 운검은 그저 웃었다. 무린은 그 미소를 보고, 다시 소향을 봤다.

"아무 생각 없이 하진 않았을 테고, 당했나?"

"으으… 네. 아주 철저하게 당했어요. 아니, 혼자 북 치고 장구 치고……. 에휴."

"그렇게 돌려 말하면 나나 다른 사람들은 못 알아들어."

"그렇죠? 아, 아, 음음. 알았어요. 일 년 전이었어요. 정보 조직에서 이상한 정보를 하나 올렸어요."

"……."

무린은 되묻지 않았다.

어차피 말해줄 테니까.

"무형지독을 제조하고 있는 소수 세력이 있다고 했어요."

"무형지독?"

"뭐?"

"개소리!"

무린의 반문.

그리고 뒤따라서 바로 당가의 두 사람에게서 나온 말들이었다. 시선이 마지막 욕설의 주인인 당청에게 몰리자 당청이 흠흠, 하고 헛기침을 하더니 바로 사과를 했다. 물론 진심이 들어간 사과였다.

그리고 욕을 한 당청을 뭐라 하지도 않았다. 당연한 반응이니까.

"무형지독은 없어. 절대 못 만들어!"

"단언할 수 있나요?"

그에 당청이 웃었다.

그녀는 웃음과 함께 단문영을 바라봤다.

"단문영 소저?"

"네."

"무형지독. 의미 그대로의 무형지독을 만독문은 만들 수 있나요?"

"아니요."

당청의 질문에 단문영은 고개를 저으며 곧바로 대답했다. 조금의 거짓도, 그리고 고민도 없는 대답이었다.

단문영을 대답을 들은 당청이 다시 말했다.

"있었다면 저희가 사막의 그 개 같은 중놈들에게 그렇게 시달렸겠어요? 무형지독으로 싹 몰살시켰지."

그 말에 소향도 웃었다.

희미한 미소였다. 소향답지 않은, 조금 장난기도 들어가 있었다.

"그건 그래요. 하지만… 불사가 나왔어요. 차원 이야기도 나왔고요. 아, 반도 이야기도 나왔네요? 그럼 무형지독은요?"

"……."

일순간 당청의 말문이 막혔다.

아, 잊고 있던 것이다.

지금 이곳의 대화는 모조리 비현실의 극치인데 말이다. 소향이 다시 무린을 보더니 말을 계속해 나갔다.

"안 믿을 수가 없었어요. 그때는 지금과 달리 비현실을 그리 믿지는 않았는데, 계속해서 올라오는 정보가 안 믿기에는 너무 타당했거든요. 제조법이라든가, 재료라든가, 그 세력의 위치라든가. 어쩔 수 없이 제가 직접 갔어요. 그리고 도착해서 아주 면밀히 파악했어요. 근 반년 이상을요."

"그래서 판단이 섰군. 무형지독이라고."

"네. 그래서 여기 운검 도사님과 비담 소협이랑 같이 싹 부숴 버렸어요. 그리고 마지막에 알았죠. 아… 걸렸구나."

"그게 얼마 전. 내가 비천신기를 이룩하기 직전……."

"네, 시기까지 딱 맞췄어요. 오라버니가 신기를 탄생시킴과 동시에 스승님의 목숨으로 걸어 두었던 금제까지 풀어 버렸죠."

하아…….

그 다음은 소향의 입에서 한숨이 흘러나왔다.

"그럼 그건 마녀가 어긴 게 아닌가?"

"저도 그런 줄 알았어요. 실제로 이건 무효야! 하고 외쳤을 정도예요. 하지만 정보는 교묘했어요. 저같이 생각하기 좋아하는 사람들이 오해하기 딱 좋게 만들어놨어요. 거짓이 진실처럼 보이게. 그런 게 연달아 올라오니 저는 정말 무형지독을 만드는 줄 알았죠."

"그럼 왜 부쉈지? 그걸 부수는 순간 어차면 전면전의 시작인데?"

"무형지독이라 그랬어요."

"무형지독이라서?"

"네, 간신히 모은 영웅들을… 숨 쉬다가 죽게 내버려 둘 수 없었어요. 차라리 그렇게 될 바에는 전쟁을 지금 시작하는 게 낫다고 생각했죠."

"그렇군."

무린은 소형의 마음을 이해했다.

무형지독.

정말 의미 그대로의 무형지독을 만약 마녀가 만들고 있었다면, 실제로 소향의 말처럼 그걸 다 박살 내고 전쟁을 시작하는 게 낫다.

안 그러면 그 무형지독에 죽어나갈 이들이 추후에 산더미처럼 늘어날 테니까. 그래서 그녀는 기간과 전쟁 중, 전쟁을 선택한 것이다.

결코 그녀가 미치거나, 실수하거나, 혹은 전쟁광이라서 그런 게 아니었다.

당청의 보충 설명이 이어졌다.

"진짜 무형지독이면… 절정고수는 꼼짝없이 죽어. 만약 여기 터지면… 나와 당청, 거기 만독문의 단문영, 그리고 소향 아가씨까지. 이 넷은 반드시 죽겠네."

"……."

절정의 고수를 죽인다.

이게 주는 의미는 굉장히 크다. 크다 못해 태산처럼 어마어마하다. 절정의 고수는 귀하다. 수천수만 중에 겨우 하나

나올까 말까다.

그런 절정고수를 그저 숨 쉬다가 꼴까닥, 저세상으로 강제 이동시킬 수 있다. 그게 바로 무형지독(無形之毒)이다.

그러니 소향은 그 위력을 알고 차라리 전쟁을 선택한 것이다.

'현명한 판단이야.'

무린이었어도 분명 이렇게 했을 것이다.

물론 결론적으로 소향이 졌다. 마녀의 꾐이든 아니든, 어쨌든 소향은 마녀의 기지를 쳐부쉈다.

"거기서 뭐가 만들어지고 있었지?"

"그냥 일반 산채."

"산채?"

"네, 그냥 조금 특이한."

"……."

무린이 입을 다물자, 소향이 헤헤 웃었다. 당연히 그 웃음에 힘은 쫙 빠져 있었다. 패자는 말이 없다더니, 소향이 지금 그걸 몸소 보여주고 있었다.

쓸데없는 변명 따위도 안 한다.

"잘했어. 나라도 너처럼 했을 거야."

무린은 그 점을 높게 샀다.

그리고 과연, 마녀에 대적하는 모든 세력을 통솔하는 소향답다고 생각했다. 아니지. 애초에 이런 마음이 없었다면 한명운 선생이 소향을 가르치지도 않았을 것이다. 여기 있는 모두가 그렇지만, 소향도 정말 특별히 선택받은 여인인 것이다.

하늘에게.

第百八十章 정리(整理)

귀환병사

"괜찮아. 진 대주도 잘했다고 하잖아."

"하지만……."

따스한 기운을 담고 나온 검란 소저의 격려에도 소향의
얼굴은 바로 펴지지 않았다. 그만큼 그녀는 현재 심적으로
힘든 상태였다.

자신이 마녀의 계략에 당해 시기를 앞당겼다는 죄책감을
아주 절절히 느끼고 있었다.

무린은 지금은 소향이 좀 진정할 수 있는 시간을 주기로
했다. 그래야 소향의 생각이 정리가 될 테고, 다시 또 힘을

닐 것이다. 소향은 중요한 인물이다.

어쩌면 자신보다도 더.

적어도 무린은 그렇게 느꼈다.

툭툭.

무릎을 툭툭 건드리는 손길에 시선을 돌려보니 단문영이 자신을 빤히 올려다보고 있었다. 아까와는 다르게 차분하게 가라앉아 있는 눈동자.

뭔가 할 말이 있는 것 같았다.

눈빛으로 왜? 하고 물어보니 육성이 아닌, 이어진 혼심을 타고 단문영의 목소리가 들려왔다.

괜찮아요?

음?

뭐가 괜찮냐고 묻는 건지 무린은 일순간 파악하지 못했다.

단문영을 눈동자를 다시 보는 무린.

애써 침착하려는 것 같아 보이지만 그 눈동자 가장 깊숙한 곳에 숨겨둔 걱정의 기색이 엿보였다.

'괜찮아.'

무린은 대답했다.

괜히 강한 척하는 게 아니라, 정말 괜찮았다. 이미 무린은 자신의 운명을 받아들인 상태이며, 그에 대해 방향도 잡아 놨다.

힘들어 하는 게 느껴져요.

그런데 단문영은 무린에게서 다른 감정을 느낀 것 같았다.

아무리 무린이라도 해도 자신이 놓치는 감정은 있게 마련, 그리고 무의식에 숨겨두는 것도 가능할 것이다.

단문영은 무린의 무의식까지 침투가 가능하다. 아니, 침투가 아니라 하늘거리면서 날아들어 모두 만지고 느끼는 게 가능하다. 혼심이란 게 애초에 그랬다.

지금은 무린도 혼심을 통해 단문영에게 연결될 수 있지만 단문영이 무린에게 행사하는 것처럼 깊게는 불가능하다. 의사소통만 가능한 정도? 단문영처럼 위치 파악, 감정 파악은 힘들다는 소리다.

'정말 괜찮아. 걱정하지 않아도 된다.'

무린이 다시 속으로 그렇게 말했지만, 단문영의 얼굴은 쉬이 펴지지 않았다. 그러다 한 번 크게 한숨을 내쉬더니, 다시 천천히 본래 단문영의 얼굴로 돌아왔다. 무린을 자극하지 않기로 결정한 것 같았다.

생각하는 씀씀이가 넓었다.

"무슨 얘기를 그렇게 실실 웃으면서 해요?"

그때 툭 들어오는 목소리.

목소리의 주인, 소향에게 고개를 돌려보니 살짝 심통 난 얼굴로 무린을 보고 있었다. 피식, 이제 꽃다운 나이를 지나도 한참 지난 소향이다. 무혜보다 어리고, 무월보다는 많다. 그러나 여전히 방년(芳年) 이상으로는 보이지 않았다.

"그냥 이런저런 얘기."

"팔자 좋아요? 흥."

"……."

삐친 척하는 소향이 말에 무린은 그저 대답 없이 조용히 웃었다. 지금은 소향의 기분이 다시 돌아오는 게 먼저이니 그냥 받아주는 것이다. 물론 그게 아니라 하더라도 무린은 받아주었을 것이다.

"아, 잠시만… 바람 좀 쐬고 오겠습니다."

그때 당정호가 일어났다.

뒷목을 툭툭 치면서 일어나니 옆에 있던 당청이 힐끔 보며 물었다.

"큰일? 작은 일?"

"아, 대주… 체통 좀!"

"이 나이 되어보렴. 체통 지키게 생겼나."

"좀! 본가의 위신 좀 생각하세요!"

"위신이 밥을 먹여주니, 아님 신랑을 데려다 주니?"

"둘 다 해줘요! 그리고 그렇게 가주님이 혼인시키려고 해도 마음에 안 든다고 두들겨 팬 사람이 누군데!"

"어머, 얘가 지금 무슨 소리를 하는 거지? 호호."

픽!

"억……."

어느새 스르륵 일어나더니 당정호의 뒤통수를 또 다시 사정없이 후려쳐 버리는 당청. 그 한 방에 당정호의 고개가 앞으로 휙 쏠리더니 땅에 철푸덕 엎어졌다. 그러더니 꿈틀, 꿈틀. 끄응… 하고 신음을 흘리더니 한 손으로 뒤통수를 어루만졌다.

"미안해요. 얘가 아직 철이 없어서……. 호호."

당청은 입가에 손을 얹더니 다시 자리에 앉으면서 당정호의 뒷목을 잡아 뒤로 휙 던져 버렸다.

"우악!"

"가서 볼일 보는 김에 주변 좀 돌아보고 와."

"아악, 진짜!"

휘리릭! 턱!

날아가던 도중에 공중에서 몸을 뒤집어 바닥에 몸을 세

운 당정호가 이를 박박 갈았다. 으득! 하는 소리가 여까지 들릴 정도였다.

"호호호!"

소향이 둘의 행동에 배를 잡고 웃었다.

눈물까지 찔끔찔끔 흘리면서 웃는 소향 덕분에 분위기가 점차 풀렸다. 아니, 당가의 두 사람 때문에 분위기가 풀렸다.

한참을 웃은 소향이 당청을 보며 고개를 숙였다.

"고마워요. 아, 뭐라고 부르면 될까요?"

"호호! 편한 걸로 불러요."

"그럼 이모?"

"호호호."

주먹을 꽉 쥐어 소향에게 보여주는 당청. 마치 그렇게 한 번 부르기만 해봐라. 이 주먹으로 네 뒤통수도 한 대 후려쳐 줄게. 이리 말하는 것 같았다. 그에 소향도 빙그레 웃었다.

"그럼 언니?"

"음… 그 정도가 딱 좋네요."

"좋아요. 그럼 언니. 고마워요, 정말."

"별것 아냐. 우중충한 건 내가 싫어하거든."

소향이 언니라고 부르자 당청은 자연스럽게 소향에게 말

을 놓았다. 그게 아주 물 흐르듯 자연스러웠다.

"대단하네요."

소곤.

무린은 단문영의 속삭임에 고개를 끄덕였다. 무린도 그렇게 느꼈다.

친화력이 좋은 사람이었다. 웃는 낯을 항상 유지하는 것도 그렇고, 분위기를 다루는 방법도 확실히 알고 있는 사람이었다.

이런 사람은 어디를 가더라도 항상 환영받는 사람일 것이다.

비천대로 따지면… 마치 제종과 마예. 혹은 관평과 장팔 같은 존재일 것이다.

아…….

불쑥 생각해 낸 동료들 때문에 무린은 살짝 마음이 무거워졌다. 당연히 관평 때문이었다. 애써 생각해 내고 싶지 않은 존재. 너무 미안하고, 고마운 그 존재가 떠올라 가슴이 먹먹해졌지만 이내 다시 차분해졌다.

기잉.

가볍게 일어난 비천신기가 무린의 혼탁해지려는 마음을 정리하고 갔다.

"오라버니는 이제 어쩔 생각이세요?"

소향이 물어왔다.

무린은 길게 생각하지 않고 대답했다. 이미 답은 나와 있었으니까.

"일단 본가로 갈 생각이다. 어머니를 먼저 뵈어야겠어."

"아, 맞다. 소식은 들었어요. 잘 끝났나요?"

"그래. 네 덕분이다."

"에이, 제가 한 게 뭐 있나요?"

"한 게 없긴. 소향, 네가 나를 구해주지 않았음 지금의 나는 없을 거다."

무린은 정말 소향에게 큰 은혜를 많이 입었다.

악마기병, 초원여우에 둘러싸여 죽음을 기다리고 있었을 때, 그리고 길림에서 우챠이와의 대결해서 패했을 때.

당장 떠오르는 두 번만 해도 당시 소향의 도움이 없었으면 확실히 그 자리에서 죽었을 것이다.

그건 정말 의심의 여지가 없었다.

그 외에 북방에서 병사 시절에도 정말 많은 도움을 받았다. 이상하게도 무린이 이동하는 부대로 함께 이동하던 소향. 그녀는 항상 위험을 미리 알려줬었다. 물론 그때는 한명운 선생의 안배 때문에 움직였던 소향이었다.

하지만 무린은 그걸 뭐라 하지 않았다.

결정적으로 그 때문에 자신이 수도 없이 많은 위기를 넘었으니까. 그리고 그와 함께 그의 동료들, 그러니까 지금의 비천대도 살아남을 수 있었다.

은인인 것이다.

그러니 소향이 없었다면 지금 이 자리에 무린도 없었다. 이미 어딘가에서 죽어 형체도 찾지 못했을 것이다.

"어머니를 만나 봤나?"

"네, 두어 번 뵈었어요."

"그래."

"다행이에요. 정말 남궁세가를 넘기 쉽지 않았을 텐데."

"내가 넘었다기 보다는… 세월이 남궁세가를 넘겼지. 정확히는 남궁현성을."

"그래요?"

"그래. 이미 남궁현성은 매우 지친 상태였다. 너라면 알 거야. 인격이 나눠지는 병을."

"네, 극한의 일을 당하면 정신이 분열된다는 얘기를 스승님이 해주신 적 있어요. 의료 서적에서도 봤고요. 남궁가주님이 그런 상태였나요?"

"……."

무린은 고개를 끄덕였다.

그는 그중에서도 심했다.

처음 봤을 때의 남궁현성.

그리고 소요진에서 봤던 남궁현성.

똑같았지만 그 차이는 분명히 있었다.

무린도 처음에는 잘 몰랐지만, 얼마 전 남궁현성의 마지막을 보고 깨달았다.

아, 그는 지쳤구나. 지침으로써 떨어져 나온 인격이 따로 존재하는구나.

"누군가 자신의 금제를 풀어주기를 바랐던 인격이 따로 있었다. 그리고 원래의 남궁현성의 인격이 따로 있었고. 결과는 어떻게 나왔는지 알 거야."

그렇게 말하면서 무린은 한비담, 운검을 슬쩍 봤다.

무린은 봤다. 못 보는 게 이상한 일이다. 그 정도로 기감의 영역을 확장하고 싸웠으니 말이다. 아주 확실하게 느꼈다. 전각 지붕 위, 형체도 잘 안 보일 정도로 멀리서 있던 사람들을.

자신의 바로 옆에 있는 이옥상도 봤고, 당청과 당정호도 봤다. 광검 위석호와 그 동생 위운혜도 봤다.

그리고 저기 사내 둘.

운검과 한비담도 봤다.

소향이 웃었다.

"네, 봤어요. 두 사람이 갔다 온다고 하기에 그러라고 했어요. 겸사겸사… 우리 오라버니가 얼마나 컸는지 확인도 해볼 겸이요. 호호호."

피식.

무린은 대답 대신 이번에도 웃었다. 저게 진담일 리는 없고, 아마 저 두 사람이 소문을 흘리지 못하고 찾아왔을 것이다. 소향이 말한, 무형지독을 만들고 있다는 산채를 부수고 돌아오던 길에 말이다.

"결과는 그렇게 나왔다. 남궁현성의 자결로."

"음, 솔직히 얘기하자면 결과는 반반이네요. 반은 안 좋고, 반은 좋고."

"알아."

무린은 소향이 왜 잘됐다고 하지 않고 반반이라고 하는지 바로 알았다. 반은 자신의 일이 잘 해결되어서 좋다고 한 것이고, 반은 마녀의 일계 때문에 안 좋다고 한 것이다.

비록 남궁현성이 어머니의 일에 관련해서는 거의 광증에 가까운 반응을 보이지만 그걸 빼면 남궁현성은 정말 뭐 하나 빠지지 않는 무인이다.

그의 무력은 말할 것도 없다.

어떤 계기(繼起)만 있다면 언제든 탈각을 이룰 수 있을 무력. 특히 제왕검형과 천뢰제왕공으로 인해 본 무력보다 훨씬 강한 경지를 보여주는 남궁현성이었다. 그러니 그의 부재는 아쉽다.

하지만 무력보다 더욱 뛰어난 남궁현성의 능력은.

일가를 이끄는 경험이다.

즉, 통솔력.

십수 년 동안 천하제일가를 이끌어온 통솔력과 경험은 정말 익히고 싶어도 익힐 수 없는 능력이다.

아마 지금쯤이면 남궁중천이 가주의 위(位)를 이어받았겠지만, 남궁현성 정도의 위엄과 통솔을 보여주려면 아마 상당히 많은 세월이 필요할 것이다.

하지만 아쉽게도 그걸 기다려 줄 수가 없는 상황이었다. 일계는 이미 시작되었다. 언제 터져도 이상치 않을 상황이다.

마녀가 마음먹기에 따라 오늘이라도 터질 수 있고, 내일 터질 수도 있다. 이미 한명운 선생의 목숨으로 걸어놓은 금제가 깨졌으니 매일을 긴장하며 살아야 한다.

소향은 그런 지금 상황에서 남궁현성이라는 걸출한 인물이 역사 안으로 들어선 걸 안타까워하고 있었다. 공과 사를 구분하면 그 역시 꼭 필요한 인물이었으니까.

"이제 가주를 맡을 중천 님이 얼마나 잘해주느냐에 따라 남궁세가의 십 할을 보여줄지, 아니면 오 할을 보여줄지 결정될 거예요. 물론 그렇다고 오라버니 탓을 하는 건 아니에요. 오라버니의 일은 반드시 해결되어야 하는 일이었으니까요. 이제 오라버니도 마녀에 집중할 수 있겠죠?"

"그래. 원래는 하나 할 일이 더 있긴 했지만… 그럴 때가 아니니까."

"할 일이요? 또 있었어요?"

"관평의 복수."

"아……."

무린은 담담한 대답에 소향은 탄성을 흘렸다. 바로 이해한 소향이다.

관평의 전사.

듣지 못했을 리가 없다. 소향은 관평이 죽었다는 소식에 정말 걱정 많이 했다. 무린이 흔들릴까 봐 한 걱정이다.

죽은 관평과 일면식은 분명 있지만, 그래도 소향은 무린을 더 걱정할 수밖에 없었다.

역시 무린은 무린이었다. 소향의 걱정과는 반대로 잘 이겨내 줬다. 그런 줄 알았다. 하지만 지금 보니 그게 아닌 것 같았다.

이겨냈지만, 잊지는 않았다.

반드시 복수하겠다는 다짐을 하고 있었다.

"구양가의 암마군. 지금 북원에 붙어 있는 것 같더군. 바타르의 곁인지, 아무르의 곁인지는 모르겠지만 나 혼자 다녀오려고 했었다. 아, 천리안의 목도… 관평의 영전에 바칠 생각이었어."

"암마군은 모르겠지만, 천리안은… 참아주세요."

"왜지?"

무린은 소향의 말에 즉각 반응했다.

환란을 일으킨 적이다.

비천대가 수도 없이 죽어나간 원흉 중 하나다.

북원의 전신은 나서지 않았다. 그러니 이번 전쟁은 북원의 군세를 이끄는 칸의 명령을 따라 일으킨 것이다. 아니면 바타르가 직접 일으킨 전쟁이거나.

무린은 천리안은 바타르와 아무르는 용서할 수 있는 범위를 넘어섰다고 생각했다. 하지만 소향은 참아달라 하고 있었다.

물론 이유야 있을 것이다.

"일계(一計)를 막는데 도움이 될 인물이기 때문이에요."

"……."

천리안 바타르.

무혜에게 많이 당하긴 했지만 그래도 끝까지 무혜를 몰아붙인 장본인이다. 수없이 많은 비천대를 북방의 차가운 대지에 몸져눕게 만든 이이기도 했다. 그런 그가 마녀의 일계를 막는데 도움이 될 거라 말하고 있었다.

"확신하나?"

"네, 오라버니가 해준 전신의 얘기를 듣고요. 처음에는 북원이 전쟁을 일으킨 이유가 마녀의 계략인 줄 알았어요. 하지만 이번 전쟁은 북원의 단독행동인 게 확실해졌어요. 그러니 멈추게 할 수 있어요. 전신은 북원의 정신적 지주나 마찬가지예요. 어떤 의미로는… 아니. 모든 부분에서 칸보다도 존경을 많이 받아요. 그러니 전신이 나서면 전쟁을 멈추고 분명 마녀의 환란을 막는데 도움이 될 거예요."

"그럼 왜 미리 막지 않았지?"

"그건 저도 잘 모르겠어요. 하지만 접선을 해볼 가치는 충분히 있다고 판단 내렸어요. 저는."

"음……."

마지막에 '저는' 이라고 딱 잘라 말하는 소향이다. 무린은 그 안에 담긴 뜻을 파악했다.

군사로서의 판단이라 이거다.

그러니 적어도 자신의 판단이 틀렸다는 게 확인되기 전까지는 움직이지 말라는 말을 돌려 말한 것이다.

그때 슥 치고 들어오는 말 한마디.

"동생, 그럴 여유가 있을까?"

당청의 말이었다.

시선이 몰리자 당청은 뒷말을 덧붙였다.

"벌써 일계는 시작되었다며? 그런데 북원의 군세와 만나서 얘기를 나눠볼 시간적 여유가 나올지 의문이라서."

"그렇긴 해요."

소향은 선선히 고개를 끄덕였다.

당청의 말을 이해한 것이다.

하지만 그녀의 입술은 다시 열렸다. 말이 아직 끝나지 않은 것이다.

"하지만 그래도 해야 해요. 아무리 어려운 상황이라도… 저는 할 수 있는 모든 것을 할 생각이에요. 마녀의 일계가 시작되면 어차피 전 중원의 적아(敵我)가 사라져요. 지금까지의 적은 의미가 없어진다는 소리예요. 살아남아야 적도 있는 건 아시죠? 그러니 북원의 군세도 버릴 수가 없어요. 무슨 수를 써서라도 접선은 합니다. 그들의 힘이라도 지금은 빌려야 할 때이니까요. 물론 북원의 군세가 마녀의 세라면, 당연히 버릴 겁니다."

"이해했어."

당청은 깔끔하게 물러났다.

소향이 시선이 당청에게서 무린에게로 넘어왔다.

"오라버니."

"말해."

"오라버니 기분은 잘 알아요. 하지만 지금은… 마녀의 일계만 신경 써주길 바랄게요."

"그래."

무린은 고개를 끄덕였다.

소향이 저렇게까지 말한다면 이미 확실한 판단이 선 것이다. 그게 가장 낫다고 말이다. 군사의 말을 거절하는 순간, 위계는 무너진다.

북방에서 십수 년. 그리고 중원에서 다시 일 대를 이끌었으니 그런 부분은 확실히 인지하고 있었다.

하지만.

"암마군은 포기 못 해. 바로 찾아가진 않겠지만, 언제고 만나게 되면 관평의 복수는 확실하게 해줄 생각이다."

"네. 그 부분은 제가 양보할게요."

천리안과 암마군은 그 급이 다르다.

무력이야 암마군이 높겠지만, 전체적인 부분으로는 상대도 안 된다. 암마군은 무력만 특출 난 편이고, 천리안 바타르는 전체적으로 다 특출하니까.

"에휴, 그때 그놈 작살냈어야 했는데… 미안합니다."

휘적휘적 걸어오며 당정호가 사과의 말을 건넸다. 무린은 그를 보며 고개를 저었다.

암마군은 당가비사의 주인공이다. 즉, 구양가에 의탁하기 전까지는 당가의 무인이었단 소리다. 그것도 순혈(純血)을 이은.

하지만 무린은 그 시시비를 당가에 돌리지 않았다. 당가가 일부로 그런 것도 아니고, 오히려 당가에도 피해를 끼친 인물이다. 당가도 피해자란 소리다.

무린에게 그 정도 사리를 판단할 수 있는 개념은 충분히 있었다.

"신경 쓰지 마십시오. 당가의 잘못이라 생각한 적은 한 번도 없으니."

"휴우, 그거 정말 고마운 소립니다. 하하하!"

척 하고 앉는 당정호.

스륵 하고 올라간 당청의 손이 다시금 당정호의 뒤통수를 후려친다.

퍽! 소리가 또 경쾌하게 울리고, 당정호의 고개가 푹 숙여졌다. 이후 부들부들 어깨가 떨리더니, 손을 허리춤에 집어넣었다.

"진짜… 해보자는 겁니까?"

"어쭈, 개겨?"

"네, 개깁니다. 아, 진짜 내가 무슨 동네북도 아니고 자꾸 때립니까? 그것도 뒤통수만! 진짜 사람도 많은데 쪽팔리게!"

"그러니까 누가 긁어 부스럼 만들래? 나도 조용히 하고 있는데 니가 먼저 그렇게 말하면 나는 뭐가 돼? 사과도 안

하는 쌍년으로 오해받지 않겠니?"

"아오! 아무도 안 그럽니다! 무제 말 못 들었어요? 신경 안 쓰고 있다고 하잖아요!"

"다르지. 많이 다르지."

휘릭.

당청의 손이 흐릿해졌다.

그 순간 당정호의 고개가 슥 꺾였다. 허공을 스친 헛손질에 당청의 눈동자가 꿈틀거렸다.

"피해?"

"아… 쪽팔리니까 따라와요. 오늘 진짜 날 잡아봅시다."

"호호, 오호호!"

잠깐 실례할게요?

하고 일어서는 당청. 그가 당정호의 멱살을 순간적으로 휙 잡더니, 바람처럼 사라졌다.

그 한편의 촌극(寸劇)에 모두가 슬며시 웃었다. 바보가 아니라면 저게 진짜일 리 없다고 생각할 것이다.

"당가에서 연락이 왔나보네요? 저리 움직이는 걸 보니."

"심상치 않은 일인가 봅니다. 굳이 여기서 정보를 까지 않는 걸 보니."

"네, 제가 생각하는 일은 아니기를 빌어야겠네요."

소향의 얼굴이 갑자기 어두워졌다.

아, 하고 일행들의 얼굴이 굳었다. 소향이 생각하는 일. 바로 일계의 시작이다. 그 시작으로 당가만 아니기를 빌고 있는 것이다.

과하다고?

설마 당가가 무너질 리 없다고?

'개소리지……'

무린은 그렇게 생각하는 이가 있다면, 면전에 대고 이렇게 말할 것이다.

개소리 지껄이지 마.

알지 못하면 닥치고 있어.

이렇게.

"소향."

"네."

"마녀의 세는 파악했어?"

"계속해서 조사하고는 있어요. 음… 하지만 아직 밝혀낸 곳은 몇 군데 안돼요."

"그건 정말 곤란하군."

하아, 무린은 드물게 한숨을 내쉬었다. 적의 정보가 없다는 것만큼 현 상황에서 무서운 게 없었다.

"알아낸 곳은?"

"대뢰음사, 소뢰음사. 이 두 곳은 확실해요."

"음……."

두 곳에 대한 정보는 무린도 잘 모른다. 두 세력이 무림에 나선 게 정말 극소수이기 때문이다. 정마대전에도 한 번도 참여하지 않은 곳이었다.

그래서 객관적인 판단을 내릴 수가 없었다. 정보가 없으니 당연한 일이다.

"그냥 각각 마도가의 한 곳과 비슷하다고 생각하면 돼요."

"그 정도라면……."

"아니요. 달라요."

소향의 설명에 무린이 수긍하려고 하자, 아니라면 대답이 나왔다. 무린은 시선을 돌려 단문영을 바라봤다. 아니라고 한 여인이 단문영이기 때문이다.

"혼심을 해석하기 위해서 예전 대뢰음사와 소뢰음사 두 곳을 전부 들렀던 적이 있어요. 각각 일주야씩 머물렀고, 머무르면서 느낀 점은… 이질적이었어요. 마치 이쪽 세계가 아닌 것 같은 느낌이었어요."

"이쪽 세상이 아닌 느낌이라고요? 자세하게 설명 부탁해요!"

소향이 바로 단문영에게 매달렸다. 그녀로서는 지금 단문영의 말을 결코 허투루 넘길 수가 없었다. 잘못된 판단만큼 위험한 게 또 없기 때문이다.

"네, 달라요. 그들은… 구양세가 만큼이나 위험해요. 특히 환술(幻術)은 조심해야 해요."

"환술이요……?"

"네."

"……"

환술.

이미 사라진 공부다.

이목을 현혹시키는 공부들을 모두 묶어 부르는 게 바로 환술이다. 일단 환술은 전부 사이하다. 그리고 매개로 사용되는 재료 역시 혐오스럽기 그지없다. 개중 상위 환술 몇 개는 정말 최악의 재료가 들어가기도 한다.

사람의 피.

특히 처녀의… 피.

그러니 없앴다.

구파와 배화교가 있던 시절, 환술을 금지시켰다. 모조리 빼앗고 태웠다. 물론 구전으로 전승이 됐겠지만, 만약 환술이 펼쳐졌다는 얘기가 들리면 근방 구파나 오가, 배화교, 석가장, 검문 등이 나서서 철저하게 응징했다.

물론 가문을 불 싸지르고 그러지는 않았다. 다만, 확실한 책임을 지우는 방식, 사용자의 무공을 전폐하는 방식으로 막았다.

그렇게 단호하게 대처하자 환술의 사용은 당연히 점차 줄었고, 이윽고 사라졌다. 그게 벌써 수백 년 전이다.

그런데 지금 단문영의 입에서 환술이란 단어가 나온 것이다.

"미치겠네요… 진짜."

소향이 고개를 절레절레 저었다.

그녀는 환술이 얼마나 위험한지 안다.

숲을 이동하고 있다 가정해 보자.

환술의 진이 펼쳐져 있다.

그 안으로 들어섰을 때 환술이 가동된다면? 서로 치고받고 하다가 그들끼리 전멸할 가능성이 있었다.

물론, 어느 정도 경지에 이른 무인이라면 환각, 환청에 대한 면역이 생기지만, 당연히 환술의 급이 올라가면 올라갈수록 그런 면역 체계를 무시해 버린다. 오감과 육감을 지배하는 게 바로 환술이다.

특히… 처녀의 피가 사용된 환술을 만나면 절정고수도 긴장해야 한다는 게 소향이 아는 정론이었다.

"대비해야겠어. 그쪽이 나오면… 아미산에 연락해야겠어."

"네, 그래야겠어요."

검란 소저의 말에 소향이 고개를 끄덕였다.

구파의 일익이 입에 담겼다.

여태껏 구름 위에 거닐던… 이라 알았지만 실상은 숨어 전력을 가다듬고 있었던 구파의 일익인 아미파(峨嵋派).

아미산 금정봉(金頂峰)의 복호사(伏虎寺)에 근거지를 두고 있는 아미파의 가장 큰 특징은 당연히 여승(女僧)으로 이루어져 있다는 점이고, 두 번째가 바로 항마(降魔)다. 불교이기에 당연하지만, 소림과는 조금 다르다.

어떻게든 살생은 피하며 계(戒)를 내리는 소림과는 달리, 아미는 판단에 의해 회개 불가라 여겨지면 즉각 살계(殺戒)를 연다.

아무런 망설임 없이 말이다.

"복호승이라면 충분히 환각에 흔들리지 않고 막으실 수 있을 거예요."

"하지만 아직 모두 복구되지 않았어. 괜찮겠어?"

"어쩔 수 없잖아요……."

검란 소저의 말에 소향이 이마를 잔뜩 찌푸린 채, 한숨을 내쉬며 대답했다. 복구되지 않았다니?

무린은 그 점이 궁금했다.

그러나 잠시 생각해 보니 답은 금방 나왔다. 복구는 무언가를 되돌릴 때 쓰는 단어다. 그럼 지금 말고 그 이전에 아미 복호승들에게 무슨 일이 있었던 게 분명했다.

그게 무슨 일인지는… 너무 뻔히 나왔다.

마녀다.

마녀가 나섰던 것이다.

그때였다.

슥.

갑자기 단문영이 무린의 소매를 잡아왔다. 무린은 피하지 않았지만, 의아한 시선으로 단문영을 돌아봤다.

"음?"

빠르게 가라앉는 단문영의 눈빛. 이 눈빛은 그녀가 뭔가를 볼 때나 나오는 특징이다. 즉, 상단으로 무엇인가를 느꼈다는 점이다.

무린은 의아함을 느끼고, 물어보는 것과는 다른 방법을 취했다.

척.

즉각 자리에서 일어나 창을 잡았다.

지잉……!

그 순간 뇌리를 스쳐 가는 인기척. 그 인기척을 따라 무린의 시선이 돌아갔다. 자신의 바로 뒤, 오 장 거리에 있는 바위에서 사르르 금빛이 물결치고 있었다.

아무것도 느끼지 못했다.

그런데… 있다.

저곳에 있다.

저렇게 가까이 있었다.

무린의 입이 달싹 거렸으나 끝내 열리지 못했다.

"마녀……."

겨우 움직인 건 단문영의 입이었다.

第百八十一章　재회(再會)

무린은 이를 악물었다.

도대체 언제? 어떻게?

파악하지 못했다.

언제부터 저 뒤에 있었는지도 모르겠는 무린이다.

오 장 거리다.

이 거리는… 무린에게도 유효한 거리였다. 마음만 먹으면 누구든 격살할 수 있는, 혹은 공격할 수 있는 거리라는 소리다.

무린에게도 오 장은 그렇게 사용될 수 있는 거리다. 그럼 마녀는? 마녀에게 오 장은 어떤 거리일까?

무린과 비슷할까?

설마… 농담도.

이 거리는 마녀에겐 절대적 거리였다. 세상 그 모든 것도 부수고, 파괴할 수 있는 거리. 이 거리에서 살아남을 수 있는 사람이 몇이나 될까……? 몇? 음… 한 명 정도 겨우 나올까?

그리고 무린은 그 한 명이 자신은 아니라는 걸 잘 알고 있었다.

으득!

이가 악물렸다 떨어졌다. 턱의 강제적인 움직임을 무린은 필사적으로 잡아 멈췄다. 근육이 제멋대로 움직이고 있었다.

마녀의 존재를 인지하는 순간 나타난 인체의 반응이다. 무린은 이게 무슨 상황인지 여실히 알 수 있었다.

맹수 앞에 선, 순한 양.

포식자 앞에 선 초식동물들의 본능이다. 너무 무서워 완전히 얼어붙어 버리는. 그리고 자꾸만 속삭여 왔다.

도망가라고.

지금 빨리 도망치라고.

혼자…….

그러면 살 가능성이 일 푼 정도는 올라갈 거라고.

'웃기지 마……!'

기잉……!

그가가가각!

비천신기가 덮쳐 오는 어둠에 맞서 싸우기 시작했다. 찬란한 우윳빛 광휘를 내뿜으며 무린의 정신을 보호하려 필사적으로 회전하고 있었다.

"아아……."

다다다다.

단문영은 아예 움직이지도 못했다. 그 자세 그대로, 완전히 얼어버렸다.

뒤에 있는 마녀를 쳐다도 못 보는 상황. 그 극심한 공포로 턱이 마구 떨리며 마치 광증에 걸린 사람처럼 만들어 버렸다.

예전에도 그랬다.

무린보다… 단문영이 훨씬 타격을 크게 받았다. 그녀는 단지 마주본 것만으로… 기절했다.

마녀를 본 것이다.

외형 말고, 그녀의 안을.

그 깊고 깊은 무저갱의 어둠을 보고, 그 어둠이 주는 공포를 온전히 느낀다. 극한으로 열린 상단전 때문이었다. 그게 남들을 느끼지 못하는 것을 느끼게 만들었으니까.

무린도 마찬가지다.

아니, 이곳에 있는 전부가 마찬가지였다.

소향 하나를 빼면 전부 무인이고, 당연히 상단전도 연 무인들이었다.

검란 소저, 운검, 한비담도 열었고, 이옥상도 열었다. 저 멀리서 얘기를 끝내고 돌아오다 그 자리에 그대로 굳어버린 당청, 당정호도 마찬가지였다.

상단을 어느 정도 연 자는 전부 마녀의 무서움을 몸소 느끼고 있었다.

'빌어먹을…….'

무린은 창을 들어 올려 마녀를 겨누고 싶었다. 경계다.

하지만… 꼼짝도 안 하고 있었다. 마치 천 근의 쇠사슬에 묶인 것처럼 아주 조금도 움직이지 않았다. 그냥 확인했을 때의 자세 그대로였다.

다른 무인들도 마찬가지였다.

한비담, 운검, 이옥상도 마찬가지였다.

무린이 보기에 여기서 가장 경지가 깊어 보이는 검란 소저도… 마찬가지였다. 검을 뽑지도 못하고 있었다.

하얗게 질려, 다들 이만 악물고 있다.

그런데 의외로 이 상황에서 입을 열고, 움직일 수 있는 사람이 딱 한 명 있었다.

자박자박.

앞으로 나선 이는 바로 소향이었다.

아무것도 배우지 않아서 아무것도 느끼지 못한 것이다.

감각이 날이 서 있지도 않으니 그저 뭔가 있구나 하고 느낄 뿐, 아무런 제약이 없던 것이다.

"오랜만이구나."

공간을 접어서 고막을 바로 치는 마녀의 인사. 소향은 그 인사를 이를 악물고 받았다.

이 너무 어처구니없는 상황에, 아주 조금도 예상치 못한 만남에 소향은 정신이 하나도 없었다.

아무리 그녀라도 이런 경우를 예측하기는 불가능했고, 예측을 넘어 일어났으니 맨 정신일 리가 없었다.

"오랜만이네요……."

꿀꺽.

바르르 떨리는 목소리로 겨우 답을 하고 난 소향은 주변을 천천히 돌아봤다. 여전히 꼼짝도 못하고 있는 일행들과 눈을 한 번씩 마주쳤다.

"무슨 짓을 한 거죠?"

"아무것도 하지 않았다."

"그런데… 왜 움직이지 못하는……."

지잉.

마녀의 눈동자가 어둠 속에서 빛났다. 이상한 일이었다. 마녀는 눈을 감고 있었다. 반개(半開) 정도가 아니라 아예 감고 있었다.

그런데 소향을 포함해 전부가 봤다. 마녀의 눈동자가 빛나던 걸.

"단지 나를 보았기 때문이지."

"……."

소향은 이해하지 못했다.

그러나 소향을 뺀, 무린을 포함한 전부가 그 말에 자신들의 현 상태를 깨달았다.

마녀를 본 것만으로도 그 압도적인 어둠에, 그 어둠이 포함된 존재감에 잡아먹힌 것이다. 이성이고 본성이고 할 것 없이 완전히 빼앗겨 버린 것이다.

존재감만으로 탈각지경 무인의 육체 통제권을 가져간다.

어이가 없어도… 너무 없어서 뭐라고 할 말도 없었다. 무린은 마음을 진정시켰다.

아니, 진정시키려고 했다.

근원부터 솟구쳐 올라오는 이 공포를 어떻게든 처리해야

했다. 마녀는 존재 자체로 저리 무섭다.

어떻게든 진정시키려 하지만…….

'흐읍…….'

역시나 진정되지 않았다.

온몸에 이미 소름이 돋은 건 물론이오, 턱도 달달 떨리고 있었다. 시야도 뿌옇게 변했다가 멀쩡하게 돌아왔다가를 반복하고 있었다.

'문영…….'

하지만 무린은 자신보다 단문영이 더 걱정됐다. 그녀는 지금 자신보다 더, 최소 두 배 이상 괴로울 게 분명했기 때문이다.

아니, 두 배도 넘을 것이다.

'짐작도 되지 않아…….'

단문영이 받고 있는 공포가.

이미 얼굴은 하얗게 질렸다. 아니, 하얀 정도를 넘어서 파랗게 식어가고 있었다. 질려 쓰러지기 일보 직전의 얼굴이라는 표현이 딱 어울렸다.

"걱정하지 마라. 오늘은 단지 얘기만 하러 왔을 뿐이니."

"……."

그 와중에도 마녀와 소향의 대화는 이어지고 있었다.

스윽.

"그래, 어떠니? 명월채를 부순 소감은?"

"소감……."

윽.

마녀의 질문에 소향의 말문이 턱 막혔다.

명월채. 예쁜 이름이지만 산적채의 이름이다. 무형지독을 만들고 있다 판단하고 소향이 부순.

마녀는 소향을 놀리고 있는 것이다.

그리고 소향에게 그 놀림으로 다른 의미를 전달하고 있었다.

이제 끝났다고. 네 스승이 남겨둔 시간이.

너의 그 머리가, 스승이 목숨으로 벌어준 소중한 시간을 부쉈다고.

으득.

소향의 작은 어깨가 바르르 떨렸다.

꽉 쥐어진 두 주먹 역시 파르르 털렸다.

대꾸할 말이 떠오르지 않은 것이다.

"너는 머리가 좋아. 너무 좋지."

"……."

조용한 목소리.

고저 없이 들려온 말이라 비웃는 건지, 아니면 충고인지 애매한 말이었다.

"그게 문제야. 무형지독이라……."

바위의 걸터앉아 있는 마녀가 손을 휘휘 저었다.

그 순간, 무린의 뇌리에 경종이 울렸다. 작은 종이 아니었다. 최악의 상황을 예견케 하는 경종이었다.

기이잉……!

즉각 비천신기가 반응했다. 살고자 움직이려고 했다. 그리고 움직이고는 있었다. 다만… 무린의 몸은 움직이지 못했다.

크윽…….

미약한 신음 소리가 들렸다. 굵직한 느낌이 있지만 전체적으로 가냘프다. 여인의 목소리. 검란 소저의 이 악무는 소리였다.

소향은 덜덜 떨었다.

그런 소향에게 마녀가 다시금 입을 열었다. 아주 천천히, 감정의 고저 없이, 마치 아이에게 답을 알려주는 어른처럼 상냥한 느낌도 있었다.

"그런 걸 굳이 만들 필요가 있을 까… 내 스스로 만들면 될 것을."

"아……."

소향의 탄식.

무린도 그걸 듣고 아차 싶었다. 그래, 불사다. 불사의 영역에 있는, 수없이 많은 세월을 살고, 수없이 많은 지식을 습득한 마녀가 혼자서 무형지독을 못 만들어낼까?

지금 이 순간에도 마음만 먹으면 무슨 짓이든 할 수 있는 마녀가? 애초에 너무 마녀를 과소평가한 것이다.

'하지만…….'

어쩔 수 없었던 일이라는 것도 무린은 알았다. 소향은 이 정보를 몰랐으니까.

그저 많이 살았겠구나 싶었지, 정말 의미 그대로의 불사라는 사실은 오늘 처음 알았기 때문이다. 그러니 놓쳤던 것도 이상한 일은 아니었다.

하지만 그렇다고 그렇게 쉽게 넘어갈 수 있는 일도 아니었다.

스윽.

마녀의 시선이 소향에게서 떨어지고 무린에게 향했다. 눈꺼풀이 내려앉아 눈동자는 보이지 않았다. 하지만 무린은 황금빛 광안(光眼)이 느껴졌다.

기잉!

순식간에 비천신기의 회전이 극에 도달했다. 그 순간에 무린은 본능적으로 이 순간이 기회라 여겼다.

접속(接續).

파르르……!

시야에서 휘날리던 눈보라가 일순간 멈칫했다. 그건 정말 짧은 촌각 동안 이어졌고, 이내 다시 흘러내리기 시작했다.

하지만 전과는 명백히 달랐다.

느려졌다.

십의 속도로 떨어져 내리던 게 이제는 팔, 혹은 칠의 속도로 느껴졌다. 삼분지 일에 가깝게 줄어든 것이다.

물론 체감 속도다.

이는 시각 정보의 변화다.

이어서 촉각, 피부에 느껴지는 마녀의 기세가 느껴졌다. 후각, 코로 스며들어 오는 마녀의 향이 느껴졌다. 청각, '호오' 하고 미소 짓는 마녀의 목소리가 들렸다. 미각, 으적! 씹은 혀끝에서 피 맛이 느껴졌다.

오감이 살아나기 시작했다.

아니, 제 역할을 하기 시작했다. 무린은 그걸로 만족하지 않았다. 이를 악물고 비천신기를 더더욱 돌렸다.

긍긍거리는 소리. 비천신기가 한계에 도달했으면서도 무린의 의지를 받아 그 위로 가려고 요동쳤다.

육감(六感)이 천천히 열렸다.

지금까지와는 전혀 다른, 신세계(新世界)에 정보를 무린에게 전달했다. 오감이 받아들이는 정보를 육감이 모두 재

해석해서 보내기 시작했다.

보이는 것.

들리는 것.

느껴지는 것.

전부가 새로웠다.

가장 첫 번째로 마녀 주변의 공기가 일렁거리는 게 보였다. 다른 곳과는 전혀 다른 파동이었다.

마치 물결처럼 넘실거리는 공기다. 그건 열사의 지평선에 보이는 일렁임과는 달랐다.

그건 자연이 만들어낸 광경이 아닌, 마녀라는 존재가 만들어낸 인위적인 광경이었다.

물론, 저 정도는 무린도 할 수 있다.

기세를 일으켜 유형화시키면 무린의 주변에도 분명 저런 현상이 일어나리라. 아니, 지금 이 순간 초감각을 일으키는 무린의 육체 주변도 어쩌면 저럴 수 있었다.

하지만 일렁임이 보인다고 저게 무슨 역할을 하는지, 어떤 목적을 가진 힘이 발동되었는지를 알 수 있는 건 아니었다.

그걸 파악하기에는…….

무린의 경지가 턱없이 낮았다.

지잉……!

여지없이 두통이 찾아왔다.

초감각은 역시나 아직 무린에게 장시간 전개는 무리였다. 하지만 어쩔 수 없는 상황인지라, 무린은 계속해서 초감각을 유지했다.

그렇게라도 하지 않으면… 절대 현재 빼앗긴 육체 제어권을 찾아올 방법이 없을 것 같았기 때문이다.

비천신기가 더 이상 치고 올라갈 길이 없자, 내부를 한 바퀴 돌았다. 그러나 직후 그것도 소용없음을 알자 조용히 상단에 자리를 잡고 초감각을 유지할 만큼의 회전을 시작했다. 공허한 회전이었다.

'제길……'

비천신기를 얻은 이후, 처음이었다.

이렇게 무력했던 적은.

무력 정도가 아니라 이건 뭐, 아무것도 못하고 있었다. 마녀는 등장 이후, 그다지 중요한 얘기를 꺼내지 않고 있었다.

왜… 나, 지?

힘겹게, 정말 힘겹게 무린의 입술이 달싹였다. 호흡은 물론 성대도 잘 움직이지 않아 소리로는 나오지 않았지만, 마녀는 무린의 달싹임을 파악했다.

"진무린. 너여야만 했으니까."

무린이 사실 정말 궁금했었다.

왜 자신인지.

"비천신기에는… 내 관일(貫日)을 섞었다. 삼륜공에 관일을 섞어 비빈 거지. 그렇게 탄생된 게 무제의 비천신기."

아… 삼륜은 관통의 특성을 아주 짙게 가지고 있다. 고속 회전으로 인해 앞에 있는 게 그 무엇이든 간에 일단 파고들고 보는 것이다.

그런데 관일, 관일도 마찬가지다.

관일의 뜻은 간단하게 설명하면 '해를 뚫다' 이게 전부다. 즉, 관통이라는 것이다. 무린은 이해했다.

관일을 가진… 마녀가 왜 자신에게 굳이 비천신기를 만들 게 했는지.

부족한 것이다.

전신이 그랬다.

뚫어야 할 게 있다고.

천지전복을 위해서 무린의 비천신기로 반드시 뚫어야 할 게 있다고 했다. 하지만 생각해 보니 마녀에게는 관일도 있었다.

무린의 삼륜공보다도, 비천신기보다도 훨씬 더 강력할

것이다. 그런데 굳이… 비천신기를 만들어냈다.

그건 곧 하나, 많아야 두 개의 이유로밖에 귀결되지 않았다.

하나. 관일을 못 쓰는 상황.

아껴둬야 하는 상황이다. 다른 곳에 힘을 쓰기 위해.

둘. 관일로도 뚫지 못한다는 판단을 마녀가 내린 경우다. 무린은… 후자라고 생각했다.

무린은 다시 입술을 열기 시작했다. 쥐어짜야만 움직이는 입술, 겨우겨우 움직인 입술은 다시금 마녀에게 하는 질문이었다.

뭐, 뭐 지… 생각이지?

피식.

무린의 입술을 본 마녀가 웃었다. 조롱도, 그렇다고 웃겨서 나온 웃음도 아니었다. 어딘지 모호한 감정이 담긴 웃음이었다.

"거기까지 바라는 건 무리라는 걸 알고 있을 텐데?"

알고 싶었지만, 꼭 들어야 하는 대답이지만 역시 마녀는 대답해 주지 않았다. 바위에서 마녀가 일어섰다.

사르르 흔들리는 마녀의 의복.

역시 중원의 복장과는 많이 달랐다. 중원이라면 상상도 못할 그런 복장이다.

무려 어깨부터 시작해 팔을 지나 손가락까지 전부 피부가 노출되는, 그런 복장이니까. 중원에서 저렇게 입었다간 곧장 소박맞고 쫓겨날 것이다.

복장마저 파격 그 자체였다.

둥.

완전히 일어서서, 붕 떠서 바닥에 내려오는 마녀. 찰랑이는 금발이 달빛 아래 풍성한 신비감을 만들어냈지만 무린은 그걸 느낄 수가 없었다.

왜?

지독히 무서웠으니까.

단지 바닥에 마녀가 내려온 것으로 공기가 완전히 변했다.

이전에는 긴장감과 신체를 움직이지 못해 갑갑함이 있었지만, 지금은 생명의 위협을 즉각적으로 느끼는 수준이었다.

한순간의 삐끗, 마녀의 마음이 어긋나는 순간 여기 있는 모두가 저승길을 건너게 될 거라는 게 너무 피부에 와 닿았다.

하지만 다행이다.

"오늘은 한 가지 말해두기 위해 왔어."

"……"

무린에게서 시선이 물러나고, 다시 소향에게 향했다.

이건 책임자에게 하겠다는 말.

무린은 본능적으로 마녀의 입에서 무슨 말이 나올지 예상이 갔다.

"내가 사라지는 순간부터 시작인거야."

"……"

역시… 저 말은 선전포고다.

이제 전쟁의 시작이라는.

아직까지 밝혀지지 않은 것도 있고, 북원과의 전쟁도 끝나지 않았지만 그건 마녀에게 어차피 상관없는 일이었다.

마녀의 애초 목적이… 말살이니까.

"그냥 시작해도 되지만… 이건 내가 그대에게 베푸는 마지막 예의라고 생각해 줘."

"……"

소향은 입도 뻥긋하지 못했다.

설마 했던 일은 현실이 되었다. 자신의 실수로, 자신의 오판으로 결국에는 전쟁이 앞당겨졌다.

주먹을 꽉 쥐고, 부르르 떠는 것밖에 할 수 없는 소향이었다. 연약한 어깨가 떨리는 걸… 무린은 보고 있을 수밖에 없었다.

초감각의 세계에 접속까지 했건만, 그 안에서 이를 악물었건만, 처음과 아무것도 변하지 않았다.

"그럼 다음에는……."

사르르.

마녀가 흩어졌다.

마치 신기루처럼 흩어지고 있었다. 허상을 손에 움켜쥐었을 때, 깨져 버리는 것처럼 그렇게 사라지고 있었다.

흩어져 가는 마녀의 시선을 무린은 느꼈다. 어느새 소향에게서 떨어져 다시 건너온 시선에 무린은 흠칫했다.

마치, 다음에는 너라고 말하는 것 같은 기분이 든 것이다.

"아……."

그 순간 막혀 있던 말문이 터지면서 탄성이 흘러나왔다.

마녀가 사라지면서 그들을 억압하던 통제가 풀린 것이다.

"큭……."

제일 처음 당정호가 신음을 흘리면서 털썩 주저앉았다. 그는 하얗게 질린 얼굴로 연거푸 숨을 마셨다 뱉었다를 반복했다.

호흡 곤란이 온 것이다.

허… 절정의 무인에게 호흡 곤란이라니. 이 무슨 개가 웃을 소리란 말인가. 황당해도 너무 황당했다.

무린은 몸을 돌려 무릎을 꿇었다.

"문영."

"……."

"단문영."

"……."

가만히 앉아 있는 단문영. 마녀의 등장 전에도 이 자세였고, 등장 후에도 이 자세였다. 그녀는 대답이 없었다. 무린은 일단 단문영의 어깨부터 조심스럽게 안아 눕혔다. 그녀는 이미 혼절해 있던 것이다.

마녀가 주는 무시무시한 중압감을, 그 공포를, 무저갱의 어둠을 버티지 못했다.

무린보다도 배는 민감한 단문영이다. 앞서 설명했듯이 상단전이 끝까지 열려 있었기 때문이다. 게다가 선천적으로 신기를 타고났다.

"제가 좀 볼게요."

"……."

당청이 이를 악물고 충격에서 벗어나 무린에게 안겨 있는 단문영의 맥을 짚었다.

당연히 의술에도 조예가 있는 당청이었다. 독은 의술에

도 사용되고, 의술이 독으로도 사용할 수 있으니까.

눈을 감고 단문영을 살피던 당청이 안심한 듯, 한숨을 내쉬었다.

"정신적인 충격으로 인한 기절이에요. 맥은 잘 뛰고 있네요. 단순히 의식만 잃은 걸로 보이니 좀 쉬면 아무 문제없을 거예요."

"……."

무린은 대답 대신 고개를 끄덕였고, 그 후 다시 숙이는 걸로 감사의 인사를 대신했다.

하아, 이번이 두 번째다.

마녀를 만난 게.

단문영은 첫 만남이었던 심양에서도 기절했다. 그녀의 정신이 마녀의 존재감을 버티지 못한다는 걸 알고 있었다.

그래서 지켜주려고 했지만… 역부족이었다. 그것도 완전히.

발걸음 한 번 떼지 못했다. 마녀에게 짓눌려서 말이다. 굴욕의 차원을 넘어, 그냥 허탈했다.

상대도 되지 못한다는 건 이미 깨닫고 있었다. 하지만 직접 겪어보니 정신적으로 받는 충격이 어마어마했다.

"저게… 마녑니까?"

"그런가 봐."

"우와, 뭐 저런 옛……."

뒷말은 욕설이었는지, 애써 참아내는 당정호였다. 하지만 욕을 해도 아무도 뭐라 할 사람이 없었다.

다들 지금 욕설이 입안에서 마구 맴도는 상황이었으니까. 소향이 천천히 신형을 돌렸다.

"일단… 여기서 벗어나요."

"……."

무린은 말없이 고개를 끄덕였다.

이렇게 한파가 몰아치는 곳에 그녀를 쉬게 할 수는 없었다. 따뜻하고, 마음 편하게 쉴 공간이 필요했다.

무린이 단문영을 다시 안아 일어서자 소향이 운검을 바라봤다.

"길을… 부탁해요."

"그러겠습니다."

굳은 얼굴로 고개를 끄덕인 운검이 검란 소저가 소향을 안아 들자 바로 몸을 날렸다. 그 뒤를 따라 무린이 몸을 날렸다.

무린의 옆에는 이옥상이 섰고, 당청과 당정호가 무린의 뒤를 따라왔다.

한비담과 예하가 가장 후미를 맡았다. 쉭쉭 지나가는 전경들.

일행은 아무 말 없이 달렸다. 마녀와의 만남이 충격이었던 것이다. 침묵의 질주 끝에 일행은 작은 마을에 들어설 수 있었다.

다행이 객잔이 있었고, 야심한 시각에 주인장을 깨우고 그래도 웃으면서 당정호가 방을 구하자 무린은 바로 일행들에게 양해를 구하고 이 층으로 올라왔다.

퀴퀴한 냄새가 났다.

하지만 지금은 그런 걸 따질 겨를이 없었다. 일단 단문영을 침상에 눕히자 당청이 문을 열고 들어왔다.

한 손에는 주전자가 들려 있는 걸 보니 약을 챙겨 온 것 같았다.

잔에 물을 따르고 능숙하게 하얀 가루약을 단문영에게 먹이고는, 무린을 한 번 보더니 살짝 고개를 끄덕였다.

"감사합니다."

"별말씀을요. 금방 기력을 찾을 테니 너무 걱정 말아요."

"……."

무린이 말없이 고개를 숙여 다시 인사하자, 당청은 손을 휘휘 젓고는 밖으로 나갔다.

무린은 당청이 문을 닫고 나가자 무린은 단문영의 얼굴을 바라봤다.

호롱불도 아직 켜지 않아 어두컴컴한 방이지만, 무린에

게 어둠은 문제가 되지 않았다. 단문영의 파랗게 질려 있는 얼굴이 가장 먼저 눈에 들어왔다.

자신을 구하기 위해 도망치듯이, 미친년처럼 왔던 길을 되짚어 왔다.

일면식도 없는, 그리고 어떻게 보면 대적이라고도 할 수 있는 당가의 인물들에게 도움을 요청하고 무린을 쫓아왔다.

단문영이 당청과 당정호, 그리고 이옥상과 먼저 와서 상황을 잠시 지연시키지 않았으면 그 뒤가 어떻게 돌아갔을 지는 누구도 알 수 없는 일이었다.

"……."

무린은 단문영의 얼굴을 보다가 이내 일어났다.

퀴퀴한 냄새가 나니 잠시 창문을 여는 무린. 열린 창문으로 어둠에 걸린 시린 달빛이 들어왔다. 더불어 이제 거의 그친 눈송이도 함께.

볼에 딱 떨어져 녹아 흘러내리는 눈의 차가움에 무린의 가슴이 차갑게 식어갔다. 동시에 마녀의 마지막 시선이 떠올랐다.

떠올리는 즉시 심장이 더욱 더 식어갔다.

피마저 얼어붙는 느낌이다.

확실한 의미가 담겨 있는 시선.

무린은 그 시선이 의미를 알면서도…….
외면했다.

달빛이… 복잡한 무린의 가슴을 마구 헤집었다.

『귀환병사』 20권에 계속…

절정고수들이 하늘 높은 줄 모르고 질주하는 현 세상.
서른여덟 개의 세력이 서로를 견제하는 혼돈의 시대.

그 일촉즉발의 무림 속에
첫 발을 디딘 어린 소년.

"나는 네가 점창의 별이 되기를 원한다."

사부와의 약속을 지키고
난세로 빠져드는 천하를 구하기 위해
작은 손이 검을 들었다!

박선우 新무협 판타지 소설 FANTASTIC ORIENTAL HE

풍운사일

우각 新무협 판타지 소설

FANTASTIC ORIENTAL HEROES

북검전기

2014년의 대미를 장식할,
작가 우각의 신작!

『십전제』, 『환영무인』, 『파멸왕』…
그리고,
『북검전기』
무협, 그 극한의 재미를 돌파했다.

북천문의 마지막 후예, 진무원.
무너진 하늘 아래 홀로 서고, 거친 바람 아래 몸을 숙였다.

살기 위해! 철저히 자신을 숨기고
약하기에! 잃을 수밖에 없었다.

심장이 두근거리는 강렬한 무(武)!
그 걷잡을 수 없는 마력이,
북검의 손 아래 펼쳐진다!

Book Publishing CHUNGEORAM

무경 新무협 판타지 소설

FANTASTIC ORIENTAL HEROES

암제귀환록

마흔에 이르기도 전에 얻은 위명.
암제(暗帝).

무림맹의 충실한 칼날이었던 사내.
그가 무림맹 최후의 날에
모든 것을 후회하며 무릎을 꿇었다.

"만약 그때로 돌아갈 수 있다면……."

사내의 눈이 형용할 수 없는 빛을 토했다.

"혈교는 밤을 두려워하게 될 것이다!"

Book Publishing CHUNGEORAM

유행이 아닌 자유추구 -
WWW.chungeoram.com

천산루

조돈형 新무협 판타지 소설

FANTASTIC ORIENTAL HEROES

『궁귀검심』, 『장강삼협』의 작가 조돈형
그가 그려내는 새로운 이야기!

무림삼비(武林三秘)

천외천(天外天), 산외산(山外山), 루외루(樓外樓).

일외출(一外出), 군림천하(君臨天下)!
이외출(二外出), 난세천하(亂世天下)!
삼외출(三外出), 혈풍천하(血風天下)!

가문의 숙원을 위해, 가문을 지키기 위해
진유검, 무림의 새로운 질서를 세우다!

Book Publishing CHUNGEORAM

유행이 아닌 자유추구 -
WWW.chungeoram.com

우각 新무협 판타지 소설

FANTASTIC ORIENTAL HEROES

북검전기

2014년의 대미를 장식할,
작가 우각의 신작!

『십전제』, 『환영무인』, 『파멸왕』…
그리고,
『북검전기』
무협, 그 극한의 재미를 돌파했다.

북천문의 마지막 후예, 진무원.
무너진 하늘 아래 홀로 서고, 거친 바람 아래 몸을 숨였다.

살기 위해! 철저히 자신을 숨기고
약하기에! 잃을 수밖에 없었다.

심장이 두근거리는 강렬한 무(武)!
그 걷잡을 수 없는 마력이,
북검의 손 아래 펼쳐진다!

Book Publishing CHUNGEORAM

The Record of Dragon's Return

재중 귀환록

푸른 하늘 장편 소설

FUSION FANTASTIC STORY

용마검전
FANTASY FRONTIER SPIRIT
김재한 판타지 장편 소설

「폭염의 용제」, 「성운을 먹는 자」의 작가 김재한!
또다시 새로운 신화를 완성하다!

『용마검전』

사악한 용마족의 왕 아테인을 쓰러뜨리고
용마전쟁을 끝낸 용사 아젤!

그러나 그 대가로 받은 것은 죽음에 이르는 저주.
아젤은 저주를 풀기 위해 기나긴 잠에 빠져든다.

그로부터 220년 후…….

긴 잠에서 깨어난 아젤이 본 것은
인간과 용마족이 더불어 살아가는 새로운 세상이었다.

Book Publishing CHUNGEORAM

유행이 아닌 자유추구—
WWW.chungeoram.com

문용신 新무협 판타지 소설

FANTASTIC ORIENTAL HEROES

한량 아버지를 뒷바라지하며
호시탐탐 가출을 꿈꾸던 궁외수.

어린 시절 이어진 인연은
그를 세상 밖으로 이끄는데……

"내가 정혼녀 하나 못 지킬 것처럼 보여?"

글자조차 모르는 까막눈이지만,
하늘이 내린 재능과 악마의 심장은
전 무림이 그를 주목하게 한다.

"이 시간 이후 당신에겐 위협 따윈 없는 거요."

무림에 무서운 놈이 나타났다!